Jean Alphonse Morvan

El laberinto de Grode

Se hallan reservados todos los derechos. Sin autorización escrita del editor, queda prohibida la reproducción total o parcial de esta obra por cualquier medio -mecánico, electrónico y/u otro- y su distribución mediante alquiler o préstamo públicos.

Jean Alphonse Morvan
   El laberinto de Grode / Jean Alphonse Morvan. - 1a ed. /Ciudad Autónoma de Buenos Aires : Kier, 2016.
   144 p. ; 23x16 cm.

   ISBN 978-950-17-2924-5

   1. Cuentos Fantásticos.I.Título
   CDD A863

Impreso en Casano Gráfica S.A.
Ministro Brin 3932- Buenos Aires
Fecha de Impresión: Mayo de 2016

LIBRO DE EDICION ARGENTINA
ISBN 978-950-17-2924-5
Queda hecho el depósito que marca la ley 11.723
© 2016, Editorial Kier S.A., Buenos Aires
Av. Santa Fe 1260 (C 1059 ABT) Buenos Aires, Argentina
Tel: (54-11) 4811-0507   Fax: (54-11) 4811-3395
www.editorialkier.com.ar - info@kier.com.ar

Impreso en la Argentina
Printed in Argentina

Capítulo 1
EL JARDÍN DEL REY

El mediodía iluminaba las escasas nubes en el horizonte. En el jardín occidental del viejo palacio real, Axel Grode daba los últimos retoques a un cantero. A pesar del modernismo del que podía disponer, seguía usando las técnicas y herramientas propias de sus antecesores del siglo XVIII. Ahora subiría a la torre del palacio para ver el resultado de su trabajo. Ese era su mayor regocijo. Hacia los cuatro puntos cardinales, se extendían gigantescos jardines, de los cuales Grode era el único encargado.

El hombre poseía una extraordinaria capacidad para crear laberintos con sus jardines, y era reconocido como el mejor en ello. Sin embargo, el respeto que su trabajo había despertado entre los habitantes del país no era tal cuando se hablaba de su personalidad. Grode era un hombre definitivamente soberbio y no tenía la menor intención de ocultarlo.

Una semana al año se organizaba un torneo de laberintos, en el cual quien pudiera vencer al famoso floricultor sería nombrado jardinero del castillo junto a él. Todos llegaban con la ilusión de derrotarlo, pero ninguno lo lograba. Esto aumentaba, año tras año, su ya sobresaliente ego y lo volvía cada vez más desagradable ante sus conciudadanos. Aun así, mucha gente podía disfrutar de sus laberintos, que eran un gran pasatiempo en la ciudad. Varios parques habían sido diseñados por él, aunque cuidados por otras personas.

Ese día de primavera, Axel oteaba el jardín norte, el de los espinos. Debía dar unos retoques por aquí y por allá. Ese jardín no era visitado por nadie, salvo por él. La gente se deleitaba solamente con observar el magnífico diseño verde, salpicado de hermosas flores rojas. Era su jardín preferido, pero las espinas eran verdaderas púas que podían lastimar severamente a quienes intentasen pasar por allí. Grode sentía una especial satisfacción por el jardín norte, su obra maestra según él mismo decía, en cuyo centro se erguía una bella fuente. El jardinero se sorprendió al ver, allí, a un jovencito sentado comiendo una manzana...

¿Un jovencito sentado en medio del laberinto de espinos... comiendo una manzana?, pensó; y se quedó absorto durante unos segundos. Luego, rápidamente, bajó de la torre y corrió hacia el laberinto. Mientras corría, una multitud de sentimientos y preguntas lo asaltó. ¿Quién?, ¿cómo?, se preguntaba Grode. Furia. Estupor. Decepción. Más furia.

Al acercarse a la entrada del terrible laberinto, vio que, muy tranquilamente, un muchacho salía del jardín de los espinos, sin un rasguño y con lo que quedaba de la manzana en la mano. Grode se le acercó atribulado y, antes de que lograra hacer una sola pregunta, el joven se le anticipó.

—Perdón, ¿sabes dónde podría tirar esto?
—Ehhh, sí, déjalo allí, junto al cantero —respondió dubitativo el jardinero—. Quizás, pueda hacer germinar las semillas... Pero...
—¿Sí?
—¿Quién eres y qué hacías en el jardín?
—Me llamo Miguel y soy forastero. Lamento haber entrado al jardín, pero no puedo resistir la tentación de un laberinto. No sabía que...

—¡No, no! ¡Está bien! —balbuceó Grode—, pero... ¿cómo has hecho para llegar desde la fuente a la salida tan rápido? Apenas te vi desde la torre bajé casi corriendo y llegué hasta aquí en línea recta... no lo entiendo... la distancia es... la misma que... Ni siquiera conociendo el plano del laberinto podrías haber llegado tan rápido, al menos no sin lastimarte...

—¡Oh! Ya te dije que me gustan mucho los laberintos, y soy bastante bueno encontrando la salida. Eso y algo de suerte, por supuesto.

—¡Caramba! Si a eso le llamas suerte... Soy el mejor diseñador de laberintos que se conoce en este país y en el continente... ¡hasta creo que soy el mejor que jamás haya existido! —aseveró Grode.

—¡Seguramente lo eres! —replicó rápidamente el joven Miguel—. Posiblemente, este laberinto de espinos no esté entre tus diseños más elaborados. De hecho, ahora que lo pienso, para laberinto de espinos es el mejor que yo haya visto... —dijo el muchacho, mientras invitaba a su interlocutor a sentarse en un banco cercano.

—Eso pienso yo también...

—Quizás demasiado simétrico y previsible, pero muy hermoso.

—¡¿Cómo simétrico y previsible?! ¿Acaso te burlas de mí? —se enfureció el jardinero.

—Nunca ha sido mi intención. Disculpa si me he explicado mal. Para laberinto de jardín es de lo más... efectivo...

—No sé si estás tratando de tomarme el pelo, jovencito.

—Ya te he dicho que no me burlaría de ti. Pero pensé que una inocente opinión podría ser constructiva.

—¡Ahí está! ¡Sigues menospreciando mi trabajo! ¡Soy el mejor! ¡Nadie aún me ha vencido en las justas de laberintos!

—¿Acaso alguien, que no seas tú, había logrado sortearlo antes que yo? —inquirió ahora más risueño el joven Miguel.

—¡Nadie siquiera ha osado entrar! —se ufanó, aún disgustado, Axel Grode.

—Entonces... ¿cómo puedes comprobar que es bueno? Tú ya sabes su diseño, y el primero que ha entrado, ha salido... y bastante rápido, por cierto —disparó mordaz el jovenzuelo.

Grode permaneció congelado ante la evidencia. No tenía palabras para describir su propia frustración. Su mirada quedó suspendida en algún lugar del jardín. Luego de unos instantes, comenzó a analizar su situación. Un joven desconocido había logrado vencerlo sin el mínimo esfuerzo. Intuía que Miguel podría transformarse en su peor enemigo. Sin embargo, ese muchacho bastante bien parecido, de cara angelical y mirada dulce, no podía infundirle temor. Mientras sufría su afrenta, no encontró razón alguna por la cual ese forastero quisiera herirlo. Siguió escudriñando al joven, que parecía divertirse mirando las hermosas flores del jardín y su aparente romance con los colibríes y las mariposas. Era, a todas luces, un joven inteligente, muy despierto y, sin lugar a dudas, alguien a quien la situación le resultaba entretenida. Sus rasgos eran casi perfectos, sus ojos, profundos. Grode pensó que si tuviera rizos lo habrían usado para el papel de Cupido en alguna obra teatral, aunque debería haber sido menor para ello.

—¿Qué es lo que llevas en esa bolsa, jovencito? —preguntó Grode, por simple curiosidad.

—¡Oh! Sólo un poco de ropa.

—¿Sabes? Lo que dijiste respecto del jardín de los espinos tiene sentido. Y si lo analizo bien, el diseño es bastante simple. Me gustaría ver cómo te las arreglas en el jardín sur. Las plantas son más altas y no permiten ninguna visibilidad para orientarse. El diseño es el de mi primera justa de laberintos y nadie pudo resolverlo en el tiempo requerido. Ahora las personas se pasean por allí porque ya conocen el camino y me piden que lo deje así porque les resulta muy estimulante. Pero tú no conoces el diseño y será un gran desafío —aventuró el jardinero, en busca de una pequeña venganza que devolviera el pedestal a su ego caído.

—¿De veras puedo pasear por estos jardines?

—Con el permiso de Axel Grode, solamente. Y ese soy yo... —lanzó orgulloso el hombre.

—¡Fantástico! Entonces, ¿puedo ir?

—Por supuesto, aunque en tu lugar esperaría hasta después del almuerzo, podrías estar mucho tiempo allí y sentir hambre.

—Eso hará más interesante el desafío. Voy ahora —dijo resuelto Miguel, mientras saltaba del banco.
—Si así lo prefieres... —musitó con aire triunfal el jardinero.

Axel Grode acompañó al muchacho hasta la entrada del laberinto sur. Su satisfacción no podía ser mayor. Era extraordinario, digno de quien quisiera proclamarse el mejor fabricante de laberintos de todos los tiempos. Estaba persuadido de que su petulante amigo se encontraría con la horma de sus zapatos. Antes de entrar, Grode le palmeó el hombro y le dijo:

—Frente a la salida, está mi taller. Cuando salgas, ve a ver si estoy allí y te daré algo de comer.
—Gracias, Axel, eres muy amable.
—Y si te rindes, sólo grita. Yo te sacaré.
—Nunca he tenido que rendirme —añadió el joven—, y por lo que puedo apreciar, este laberinto se encuadra dentro de los que clasifico como de alta calidad...
—Por supuesto —se apuró a recalcar Grode.
—... del nivel básico —completó divertido el jovenzuelo.
—¡¿Cómo del "nivel básico"?! ¡Métete de una vez allí dentro y veremos cuán "básico" es el laberinto y cuánto lo es tu desfachatez!
—Bueno, amigo. Tampoco es para tomarlo tan a la tremenda. Hagamos una cosa: cuando salga de este laberinto, te llevaré a uno que conozco, no muy lejos de aquí; y haremos, así, más que una justa, una especie de duelo.
—¡De acuerdo! —confirmó con confianza Axel Grode, a sabiendas de que, en los alrededores, no había laberinto alguno que él no hubiera diseñado o visitado.

Allí mismo, el joven Miguel se internó en el laberinto; y luego de verlo desaparecer en el primer codo, Grode se dirigió hacia su taller a afilar sus tijeras. Ese paseo era el único camino, exceptuando el laberinto, por el cual se podía llegar desde la entrada del mismo hasta su taller en el castillo. De modo que, si el muchacho quería hacer trampa y salir por la entrada, el hombre descubriría el ardid.

Desde el gran patio que separaba el taller de los jardines del palacio, tenía una extraordinaria vista panorámica del jardín sur y, especialmente, de la salida del laberinto. Aunque había aceptado en su interior que frente a sí no solamente tenía a un jovencito pretensioso, sino que se trataba de un rival realmente dotado, Grode tenía plena fe en el diseño de ese laberinto; cualquier persona que entrara allí, aunque lo hubiera hecho diez veces antes, no lo haría sin el plano que Grode había distribuido entre los amigos del rey. Al llegar a su taller, se sentó frente a la salida del laberinto y se dedicó a afilar sus tijeras.

Capítulo 2
EL DESAFÍO

No había pasado una hora, cuando Axel comenzó a sentir sed y se levantó a servirse de beber.

—¿Me puedes servir un poco a mí también? —escuchó a sus espaldas.

Grode quedó petrificado. Esa sensación de frustración lo invadía por segunda vez en una mañana. Y todo por un muchachito disfrazado de... ¿De qué se disfrazaba ese jovenzuelo?

—Sí... sí... Me... ¿Cómo puede ser que...? Toma, aquí tienes. Pero... ¿cómo hiciste? No hay lógica que lo explique... Sólo yo puedo hacerlo tan rápido.
—¿Sabes, Axel? Nunca había visto un laberinto tan hermoso. La variedad de flores y la calidad de su disposición es la combinación más perfecta que se le pueda pedir al mejor jardinero del mundo...
—Gracias —alcanzó a responder aún extrañado Grode—. Viniendo de la única persona que ha logrado cruzar el laberinto en menos de una hora, sin plano ni indicaciones, supongo que debo tomarlo como un cumplido...

—¡Es un cumplido! ¡Tu jardín es grandioso! Es como si hubieras vuelto realidad un hermoso sueño.
—De hecho, joven Miguel, lo es. Una mañana desperté con el diseño en mi mente, como si lo hubiera soñado —confesó el jardinero, inclinando la cabeza como si esperara que su interlocutor lo tomara como una estupidez.
—¿Y acaso te avergüenzas, que tienes que mirar al suelo para decirlo?
—A decir verdad, hasta a mí me parece una tontería.
—¿Tontería? ¿El tener sueños hermosos y lograr llevarlos a cabo? ¿Acaso tienes una mínima idea de la cantidad de personas que quisieran poder lograrlo?
—Nunca me había detenido a pensarlo... —asintió el fabricante de laberintos, ya más repuesto de su sorpresa—. Ahora, muchachito, debes decirme cómo lograste salir tan rápido de allí. No creo que hayas encontrado la clave del laberinto.
—Yo creo que sí...
—Solamente un jardinero muy experimentado podría hacerlo. Y aun así, debería conocer el código elegido.
—O alguien que sepa algo de botánica, los nombres en latín de las plantas que usaste y que tenga una pizca de suerte para completar la clave con los colores. Es cierto que hubiera podido salir antes, pero es tan hermoso que preferí ir disfrutándolo.
—¡Extraordinario! Pero... ¡Ni yo mismo lo hubiese logrado, si no lo hubiera soñado con anticipación!... Esto es muy extraño.

En ese momento, el joven forastero cambió ligeramente de actitud y dejó su jovialidad de lado por unos instantes. Miró fijo a los ojos a Grode y le pidió que, a su vez, mirara los suyos. Axel descubrió algo profundo en ese intercambio de miradas, que no podría describir con palabras, pero que no necesitaba explicación alguna en su corazón. De pronto, sintió un escalofrío que sacudió todo su cuerpo y que permaneció allí por un rato bastante prolongado, en el cual no hubo palabras, ni risas, ni temor, ni sorpresa, ni soledad, ni compañía. Allí fluía una vibración intensa que acariciaba cada uno de sus huesos y músculos. Un bienestar incomparable, indescriptible.

Instantes después, cuando Axel aún disfrutaba de ese estado de armonía, Miguel le habló suavemente:

—¿Lo recuerdas?
—No es posible...
—Yo estaba allí. Yo grabé el laberinto en tu sueño.
—No es posible...
—Sí, lo es. Siempre estuve contigo, aun cuando creciste y debiste reemplazar a tu ángel de la guarda por tus amigos. Tuvimos que dejar de hablarnos, pero nunca estuvimos separados ni un segundo. Si hasta me pusiste este nombre... ¿Recuerdas?
—¿Miguel? Sí... claro... pero ¡no!, ¡no es posible! ¡Era mi imaginación!...
—Es lo que los padres les dicen a todos los niños que tienen un amigo invisible. Pero estoy aquí, y he venido para ayudarte a enmendar tus errores.
—¿Qué errores? —preguntó el jardinero, extrañado aunque todavía en ese estado de plenitud.
—Tu soberbia te destruirá. Aun cuando no lo logres, deberás intentarlo. Y no podré ayudarte demasiado. Si caes esforzándote, tendrás otras oportunidades, pero si no lo intentas, no podrás siquiera levantarte.
—No te entiendo.
—Lo harás, pero deberás enfrentarte al fabricante de laberintos más formidable que existe. Es muy importante que logres vencerlo.
—No existe nadie mejor que yo.
—Por eso mismo lo digo. Ya lo verás —finalizó el ángel, mientras Grode salía lentamente de su éxtasis.
—Supongo que nadie aún ha podido salir de sus laberintos, ¿verdad?
—Muchos lo han logrado.
—Entonces... ¿cuán difícil puede ser? —inquirió desafiante Grode.
—Las personas que entran a tu jardín sur, salen.
—Sí, pero porque yo les facilito el plano.
—Aun así, siguen necesitándolo después de recorrerlo varias veces.

—Es cierto —afirmó Axel.
—Quienes han pasado el laberinto que enfrentarás, lo lograron gracias a que siguieron las instrucciones, al igual que los cortesanos en tu jardín. Simplemente, hay que entender el principio del laberinto, como yo lo hice con el tuyo.
—Pero tú ya lo conocías.
—Se puede decir que entrarás con el plano en la mano —agregó Miguel.
—Pero eso no tiene gracia —protestó Grode.
—¿Qué dirías si alguien se perdiera en tu laberinto, aun con el plano en la mano? —preguntó el joven con ternura.
—¡Que es un idiota!
—Recuerda lo que acabas de decir… —continuó el muchacho—. Ahora acompáñame, debemos completar el duelo de laberintos. Iremos con tu carruaje al valle, del otro lado de esta colina. Allí lo tengo preparado.
—Veremos cuán hábil eres, muchachito… —agregó jocoso el repentinamente simpático Grode.

No tardaron mucho en llegar al lugar. En el camino, el jardinero había estado pensando. Ideas vagas, delirios de grandeza; incredulidad sobre la posibilidad de ver un laberinto superior a los que el grandioso Axel Grode podía diseñar.
La frase: "El fabricante de laberintos más formidable que existe" parecía martillar su cabeza sin piedad. Le interesaba muy poco que la gente lo considerara soberbio. Él merecía serlo más que cualquier otro. Sus pensamientos seguían ocupando todo su tiempo, cuando, luego de una curva del camino, apareció algo que él jamás había visto antes; una gran construcción hecha de madera, dividida en dos alas simétricas por un largo y angosto pasillo. Le llamó la atención que por ese lugar no pudiera pasar siquiera un carruaje y que, quien quisiera ir al otro extremo, tendría una larga caminata o debería rodear alguna de las dos inmensas construcciones. Miguel le pidió que se detuviera justo frente a la entrada. Allí pudo ver que, a ambos lados del pasillo y como era de esperar, había varias puertas para ingresar a los galpones, separadas entre sí por unos

cuantos metros. Grode no entendió cómo nunca antes había sabido de ese lugar en el cual podrían entrar el castillo y todos sus jardines.

—No preguntaré cómo construiste esto —dijo en voz alta el jardinero.
—No creo que eso sea relevante en este momento.
—Bueno. Y... ¿dónde está la entrada?
—Ni bien bajes del carruaje, la estarás pisando.
—¿Aquí?
—Sí, aquí.
—Disculpa, veo que hay dos construcciones a los costados, en alguna de ellas se encuentra tu laberinto. Dime en cuál.
—Dentro de esos galpones no está. El Laberinto del que hablo se encuentra en el pasillo.
—Volvemos al principio, jovencito. Otra vez te estás burlando de mí.
—No, amigo mío —replicó Miguel.
—¿Quieres decir que el primer codo del laberinto se encuentra al final de este pasillo? ¿Te has vuelto loco? Me vencerás por cansancio antes que por inteligencia. Además recuerda que me dijiste que partiría como si tuviera el plano en la mano. Personalmente prefiero ir sin él, como siempre lo he hecho.
—Y así será. Aunque es inevitable que salgas sin él —comenzó a explicar el joven ángel—. El final de este pasillo recto no es el primer codo del Laberinto, sino su salida.
—¡Ay!, muchacho. Tú sabrás entrar y salir de laberintos rápidamente, pero el diseño no es lo tuyo. Definitivamente —se burló Axel Grode que, de alguna manera, insistía en olvidar que su interlocutor era un ángel, tan humana era su imagen—. Y dime, ¿qué se supone que hay en los galpones?
—No lo sé, jamás he entrado allí. No son parte del gran Laberinto.
—Cada vez te entiendo menos, amiguito. Si esto es para burlarte de mí, ya te has llevado toda mi mañana. Puedes decirle a quien te mandó que ya he descubierto su broma. Él seguramente te dio el plano de mi laberinto, ¿verdad?
—Me ofendes —protestó Miguel—. Además, nadie conoce el secreto del laberinto de espinos... y aun cuando alguien me hubiera

dado el plano del laberinto sur, ¿cómo podría conocer la clave de la salida, si solamente la sabes tú?

—Mmmm... Tienes razón, pero no puedes negar que este estúpido pasillo no se parece en nada a un laberinto.

—¿Acaso tienes miedo de no poder llegar al final?

—No digas tonterías, jovencito. ¿Hay algo que deba tener en cuenta? ¿Con cuánto tiempo cuento?, por ejemplo.

—Sí. Hay un par de reglas y un par de recomendaciones.

—¡Vaya! Al menos me lo haces un poco más difícil...

—¿Ves la luz al final del túnel?

—Por supuesto.

—Esa luz permanecerá encendida aun de noche, pero irá perdiendo fuerza a medida que tú vayas perdiendo tiempo, y puede llegar a apagarse si tardas demasiado. Sin embargo, por cada paso que des hacia ella, la luz se intensificará. A medida que te vayas acercando, ambos efectos se harán más evidentes: la intensidad de la luz aumentará o se atenuará más bruscamente. Si al llegar al final, la luz es más tenue que al ingresar, habrás perdido. Esas son las reglas.

—Suena interesante, aunque no le veo la complejidad.

—La advertencia: puedes tomarte el resto de tu vida en llegar al otro lado si así lo quieres, pero en tu lugar, yo trataría de no jugar con tu tiempo. De hecho, perderás la noción del tiempo cuando entres. ¡Ah! Me olvidaba de un detalle muy importante —agregó el ángel—: a medida que avances, el pasillo, como tú lo llamas, desaparecerá a tus espaldas.

—No sé qué escondes, muchacho, pero desde aquí, tu advertencia parece bastante estúpida.

—Lo sé. Pero recuerda que estás aquí para resolver el Laberinto y nada más.

—¿Resolver? ¡Si ya está resuelto! Sigo creyendo que me estás tomando el pelo. A menos que de esas puertas salgan obstáculos que me impidan avanzar...

—Nada saldrá de esas puertas. Mientras estés en el pasillo, nada malo puede suceder. Puedes confiar en ello. Verás que encontrarás todo lo que precises para satisfacer tus necesidades, sólo debes pensar en lo que necesitas y eso aparecerá. Yo estaré a la salida, esperándote. Recuerda mi consejo: ve directo hacia la luz. Buena suerte, Axel.

—Gracias, Miguelito —concluyó Grode, aunque sin dejar de pensar que al muchacho se le habían escapado algunos tornillos de la cabeza.

Dejaré que crea que lo tomo en serio y haré lo que me pide, pensó riéndose de lo tonto que le parecía aquel desafío.

Así comenzó Axel Grode su jornada hacia el otro lado del gran Laberinto.

Capítulo 3
LA PRIMERA OBLIGACIÓN

**xel Grode se quedó unos segundos** allí, observando la altura de los galpones que hacían de marco al "Laberinto", como lo llamaba el ángel. Luego avanzó decididamente por él hacia la luz del final. Sus pasos eran seguros y nada le impedía seguir. En realidad, eso lo perturbó un poco. Nada podía ser tan fácil, mucho menos para el más experto.

Sobre la izquierda del pasillo, unos metros más adelante, se veía la primera puerta. Miró aún más lejos, pero no podía contar cuantas había. El corredor era muy estrecho y eso le molestaba un poco. Cuando estuvo a la altura de esa primera puerta, vio que un cartel coronaba el dintel: "Laberinto infantil". Grode siguió avanzando sin prestar demasiada atención a esa puerta. No podía detenerse ante un laberinto infantil, la simple idea le resultaba estúpida. ¿Cómo sería un laberinto infantil allí, donde el laberinto para expertos era una línea recta?

El jardinero real siguió avanzando al mismo ritmo, sin dejar de pensar en la primera puerta. Bruscamente se detuvo. Sobre su derecha apareció otra y, sobre ella, otro cartel: "Centro de estudios

– El secreto del Laberinto – Entrada". De pronto, Grode se sintió confundido. El ángel no lo había prevenido. Solamente le había dicho que no se detuviera. Sin embargo, esa puerta parecía más interesante que la anterior. "El secreto del Laberinto"... Pensó que algún misterio debería existir, si un joven ángel deseaba vencer al mismísimo Axel Grode, maestro de laberintos.

Miró hacia la luz, y vio que su intensidad había aumentado ligeramente. Dudó unos instantes. Estaba frente a un centro de estudios donde posiblemente podría descubrir detalles que el ángel le hubiese ocultado. Ahora volteó hacia la entrada del pasillo y... ¡no había nada! Tres metros detrás de él, se veía un gran... hueco, si podía llamarse así a la nada. Ni siquiera había algo donde pisar, era como si, al entrar al pasillo, el conjunto hubiese sido elevado a la altura de las nubes. Eso lo hizo vacilar.

El cartel era claro. El secreto del Laberinto... centro de estudios... entrada. Ante tanta duda, pensó que podría arrepentirse más tarde si no entraba allí en ese instante. Tres o cuatros pasos más hacia adelante y esa puerta desaparecería, y con ella, seguramente, la posibilidad de conocer las "trampas" del Laberinto.

Puso la mano sobre el picaporte, tomó un profundo aliento y, finalmente, abrió la puerta.

Al entrar se encontró con un conjunto de puertas que daban a salas diferentes. Escuchó algunas voces que provenían de ellas. Era idéntico a una escuela de su ciudad. Eligió una puerta al azar y la traspasó. Repentinamente, unas veinte caras se volvieron hacia él, inquisidoras. Una dama mayor se encontraba frente a unos jóvenes en un aula llena de planos y mapas. La primera impresión que Grode tuvo de aquella mujer fue la de una persona gruñona y frustrada. Pidió disculpas e intentó retirarse, pero la mujer se lo impidió.

—¿Dónde cree usted que va?

—Creo que me equivoqué de aula —respondió Axel.

—No recuerdo haberlo visto por aquí antes en esta aula ni en ninguna otra.

—En realidad, recién llego.

—Entonces no importa el aula. Aquí todos aprenden los secretos del Laberinto.
—Pero debe haber un aula para personas más preparadas. Soy Axel Grode, seguramente usted oyó hablar de mí... —planteó con serena seguridad el jardinero.

Hubo una carcajada general. Grode sentía una rara sensación de fastidio y confusión. No entendía qué era lo que estaba sucediendo allí.

—Jovencito —pareció compadecerse la mujer—, lo que usted aprende aquí lo aprenderá en cualquier aula. Le dirán lo mismo, con otras palabras para que le quede claro, pero debe pasar por todos los salones, de todos modos. Es obligatorio.
—Ahora Axel Grode estaba completamente desorientado. En primer lugar, ¿quién era esa bruja para tratar de "jovencito" al grandioso Axel Grode? En segundo, le fastidiaba sobremanera la palabra "obligatorio". De pronto, Grode tuvo una extraña sensación y miró sus pies. El piso estaba muy alto... o él se había achicado y sus sandalias eran pequeñas... ¡Era casi un niño! Quiso huir rápido de allí, pero no pudo abrir la puerta. El seguro estaba muy alto para alcanzarlo. Quiso llorar, pero él seguía siendo Axel Grode y no podía darse esos lujos. Permaneció unos segundos pensando en su situación. Decidió relajarse, podía tratarse simplemente de una pesadilla. Finalmente se volvió, aceptó la invitación que, con un gesto, le hacía aquella mujer, y buscó un lugar donde sentarse para atender a la clase.

—Sigamos, pues, con nuestra exposición —sugirió la maestra—. Recordemos que un laberinto es una estructura compleja y racional. Su objetivo es generar obstáculos, aunque nunca ocultar la salida. No importa cuán complicado sea, siempre tiene una entrada y una salida... El laberinto clásico, sobre el que se basan los mejores del mundo, indica que el primer codo debe siempre ser hacia la izquierda...
—Disculpe, maestra, pero su explicación me resulta primaria y bastante ilógica por cierto.

—Vaya, jovenzuelo... Axel, ¿verdad? Supongo que usted se cree un experto en la construcción de laberintos...
—De hecho, soy el mejor.
—Interesante... supongo que sabe usted de logaritmos estructurales, laberínticos y proyección espacial distributiva, por nombrar sólo algunos de los temas que enseñamos aquí.
—¿Cómo dice? Ni siquiera conozco esas palabras. Yo simplemente... —comenzó a balbucear Axel.
—¿Lo ve, muchachito? Usted no sabe nada aún, y ya se cree el mejor —replicó rápidamente la maestra, en medio de la carcajada general.
—Nadie aún ha podido vencerme en la construcción de laberintos y conozco los secretos más complejos de todos ellos. ¡Póngame a prueba, si quiere!
—¡Vaya, vaya! Tenemos aquí a un pequeño rebelde, bastante mal educado y vanidoso. Jovencito, usted ya está a prueba, y no le está yendo muy bien... Veamos... ¿Sabe usted cuál es la principal característica común de un laberinto serpentino doble y uno rectangular escalonado?
—...
—Obviamente, no —diagnosticó triunfal la dama.
—Es la primera vez que escucho que hay un catálogo de laberintos. Simplemente los construyo hermosos e irresolubles.
—Y supongo que con infantiles claves de seguimiento —replicó la mujer.
—No son infantiles...
—Entonces, amiguito, usted debe construir simples laberintos bidimensionales, con claves, por supuesto, pero solamente bidimensionales.

Grode se hundió en el respaldo de su asiento, furioso. Descubría asombrado que sus laberintos eran simples y una insoportable maestra acababa de ponerlo en ridículo. De todos modos, algo podría aprender allí, así que se resignó a seguir escuchando y descubrió cosas interesantes que jamás se le habían ocurrido. Hubiese preferido no sentirse obligado a asistir a las clases. Eso debería ser

El laberinto de Grode

optativo, y aquel que quisiera irse debería tener derecho a hacerlo. La maestra dio un simple ejercicio a los alumnos para resolver en clase. Grode lo hizo casi mecánicamente y se lo entregó. Aprovechó para preguntarle en voz baja a la maestra:

—¿Por qué es obligatorio todo esto?
—No pensará usted, muchachito, avanzar por el Laberinto principal sin conocer todo lo que está aprendiendo. Si usted no se forma, será un paria. Nadie lo tomará en cuenta. No podría avanzar y los demás lo sabrían. Usted debe hacerse su lugar aquí, de otro modo, quedaría marginado del sistema y nunca conocería la realidad en la que vive y en la que DEBE vivir.
—Pero yo soy conocido...
—Aquí nadie lo conoce. Debe usted lograr ser alguien entre los mejores de su clase. Por eso debe usted pasar por aquí.
—Pero si hubiera simplemente seguido por el pasillo sin entrar aquí...
—¿Cuál pasillo?
—El que está fuera de la escuela.
—¡Ah! EL GRAN LABERINTO...
—Bueno, el laberinto...
—Pero entró —refutó la mujer.
—Sí. Pensé que quien me desafió sabía de alguna trampa y, seguramente, yo podría descubrirla aquí.
—Si usted hubiera seguido, esta clase habría dejado de ser obligatoria, ¿verdad? Pero usted o alguien lo obligó a entrar. Y lo hizo. Si no lo hubiera hecho, no estaría aprendiendo toda esta nueva terminología y los conceptos avanzados de los laberintos.
—Pero yo estaba satisfecho con los que hacía.
—¿Y usted cree que eso le alcanzará para enfrentar los desafíos del Laberinto que lo espera allí afuera? Antes deberá aprender la geometría laberíntica, historia del laberinto y sus grandes héroes y mártires, efectos paralelos y algunos otros conceptos sin los cuales no tendría la más mínima chance de avanzar en el Laberinto.
—¿Usted cree? El ángel me dijo que debía seguir derecho...
—¿Ángel? ¿Me está diciendo que un ángel habló con usted? Despierte, muchachito... está usted en una escuela. Ángeles... sólo

eso faltaba… —masculló la maestra, mientras hacía señas para que Grode se alejara como si se tratase de un anormal contagioso.

Grode volvió a dudar. ¿Un ángel? Era cierto que no tenía mucho sentido. Sin embargo, él había llegado allí porque un ángel lo había desafiado a entrar al Laberinto. Posiblemente, se trataba de un joven fantasioso. Apenas recordaba la manera en que había descubierto las claves de su laberinto y todas sus charlas. Pero lo que la maestra decía era nuevo para él y decidió que no sería malo escuchar más de aquello.

Así, Axel Grode siguió aprendiendo acerca de términos extraños para él, ideas para nuevos diseños; conoció la historia del laberinto, sus precursores y grandes mártires, y una cantidad de nociones que posiblemente olvidaría algún día, pero que le habían permitido aprobar todas las asignaturas que le habían puesto delante. No entendía bien el sentido de todo aquello… sin embargo, sentía que había cumplido con los requisitos para seguir por el Laberinto, ahora con más posibilidades de lograrlo. Eso le habían dicho.

Había transcurrido bastante tiempo dentro de la escuela y sentía que ya debía seguir su jornada por el pasillo principal. Antes de que saliera, le fue entregado un diploma de honor. Todos los maestros lo felicitaron y reconocieron que Axel Grode había sido el mejor alumno de su escuela en mucho tiempo. El jardinero no podía sentir mayor orgullo por la distinción.

Finalmente, abrió la puerta y apareció en el pasillo. Giró para ver el cartel de la escuela, y luego miró hacia el final del corredor. La luz era más tenue, pero eso no le preocupó demasiado. Ahora él sabía todo lo que podía conocerse de aquel lugar y no podía fallar.

Capítulo 4
EL LABERINTO BINARIO

puró el paso para recuperar un poco el tiempo perdido. A medida que avanzaba, veía cómo la luz recuperaba su brillo. Había pasado muy bien la primera prueba y eso lo alentaba. No se detuvo a pensar en lo que había vivido y tampoco le preocupó. Con la información que había obtenido, se sentía aún más omnipotente que antes. Podría vencer con facilidad a aquel ángel, que, seguramente, deseaba humillarlo y derrotarlo. La duda ahora era otra: ¿había sido real la presencia del ángel en su vida? Mientras estaba en el pasillo parecía una realidad absoluta, pero en la escuela de laberintos había sentido que se trataba de un sueño o de una alucinación. La sensación era extraña y lo confundía. Aunque lo tranquilizaba el hecho de haber recuperado su talla y edad normales, al regresar al pasillo.

Se acercaba a una nueva puerta, esta vez del lado izquierdo. No sentía necesidad de averiguar qué escondía. Grode consideraba que la última experiencia le había dado todo lo que necesitaba para ser un fabricante de laberintos perfecto. Sin embargo, se detuvo para curiosear lo que decía el cartel de la entrada: "Laberinto binario". No había más referencia. Eso despertó aún más su curiosidad. La palabra "binario" lo indujo a creer que se trataría siempre de incógnitas simples del tipo "Sí o No". Básicamente debía tratarse del tipo de laberinto que él sabía hacer con tanta maestría. Entonces, decidió comprobar cuán bueno era, confiado en que saldría con prontitud de allí.

Axel abrió la puerta y asomó la cabeza. Al otro lado de un pequeño recibidor había dos puertas cerradas. Nadie en ese *hall*. Entre ambas, había un pequeño cartel que no alcanzaba a leer desde donde se encontraba, así que decidió entrar y ver lo que decía. Pocas palabras: "Laberinto binario activo — Diseño selectivo". Grode no entendió lo de "diseño selectivo", pero un laberinto binario debía ser algo simple.
Eligió una de las puertas y, para su sorpresa, descubrió que veía todo en blanco y negro. Se encontró con una bella recepcionista detrás de su escritorio. Más atrás, otras dos entradas:

—¿Señor?, ¿puedo ayudarlo? —preguntó la joven.
—Sí, quería visitar este laberinto.
—¿Primera vez o ya está inscripto?
—Primera vez.
—Por la puerta de la izquierda, por favor.
—Gracias.

Grode atravesó la puerta sin mayor trámite y se encontró con un cuadro similar al anterior, aunque el salón tenía otra decoración. Allí, otra joven lo atendería:

—Diga usted.
—Quería visitar el laberinto.
—Veo que es la primera vez. ¿Tiene alguna recomendación o viene por su cuenta?
—Vengo por mi cuenta, señorita.
—Sírvase pasar por la puerta blanca, por favor.

Grode intuyó que el laberinto debía tener algunas complicaciones. Avanzó, pues, hacia el laberinto binario que visitaría por primera vez sin ninguna carta de recomendación.

—Señor... ¿en qué puedo servirle? —escuchó que le decía una voz femenina, pero con un tono más bien seco.
—Jovencita, en realidad, yo quería entrar al laberinto.
—¿Tiene la solicitud?
—No, realmente yo...
—Por la puerta giratoria entonces, allí le indicarán.

Grode estaba cada vez más confundido. Pasó por la puerta giratoria y se encontró con un mostrador donde varias personas atendían a otras tantas. Todos aquellos que querían entrar al laberinto parecían jóvenes y hasta, diría, adolescentes. Él se sentía como tal. Buscó a alguien desocupado para que le explicara el tema del formulario de solicitud. No había llegado a tocar el mostrador, cuando un hombre mayor le extendió una hoja de papel. Axel Grode la leyó y tomó un lápiz para responder las preguntas que allí formulaban.

Formulario n.º 1547 (este es su número)
Tache lo que no corresponda:
Sexo: Masculino - Femenino
Casado: Sí - No
Hijos: Sí - No
Cursó Escuela de Laberintos: Sí - No
Experiencia laboral: Sí - No

Axel Grode tachó, firmó y entregó la estúpida solicitud en la que ni siquiera le preguntaban su nombre.

—Espere un momento, ya lo llamarán.

Grode permaneció sentado en un rincón, viendo una gran cantidad de gente que entraba y salía sin hablar siquiera entre sí. Llegaban, llenaban una solicitud y se sentaban a esperar. Otros se levantaban al oír su número. Escuchó que iban por el 1545 y esperó pacientemente su turno. En realidad, no sabía qué estaba haciendo allí. Todos debían hacer lo mismo, pero él no entendía la razón. Su número fue gritado al fondo de la gran sala. Saltó y se apuró a llegar al otro lado antes de que cantasen el número siguiente.

—¿1547?
—Ese es el número de mi formulario.
—Puerta 2.
—Me gustaría saber dónde está el laberinto...
—Puerta 2, le dije. Pregunte allí. ¿1548?

El hombre estaba disgustado con tanto trámite. Obviamente el laberinto en cuestión debía ser especial, si la gente se tomaba todo ese trabajo para ingresar a él. Abrió con bastante violencia la puerta 2 y, del otro lado, una dulce mujer lo esperaba:

—¿1547?
—Axel Grode es mi nombre.
—Supongo que usted quiere visitar el laberinto...
—A decir verdad, yo no sabía que era tan complicado, ya estoy pensando en volver por donde vine.
—No, no se dé por vencido. Estamos aquí para ayudarlo.
—¿Tan complicado es?
—Es el procedimiento usual.
—¿Por dónde entro?
—¿Me permite la copia de su solicitud?
—Por supuesto, pero...
—¡Caramba! ¡Qué lástima! —exclamó la mujer.
—¿Qué... sucede?
—Son las cinco de la tarde y el médico ya se fue.
—Lo siento, pero eso no tiene nada que ver con mi visita al laberinto.
—¿Cómo que no? ¿No pretenderá pasar allí sin que el médico lo autorice, verdad?
—Señorita, me tiene sin cuidado el médico. Yo puedo atravesar un laberinto binario con los ojos vendados.

—Pero yo no puedo obviar el procedimiento. Las reglas están para ser cumplidas. Así es para todos. Debemos preservar el buen funcionamiento del sistema. Supongo que entenderá eso, puesto que usted, en cierta forma, es parte de él.

Grode no creía lo que estaba viviendo. Estaba de muy mal humor, pero se contuvo con algo de ironía.

—¿A qué hora vuelve el médico?
—Hoy ya no vuelve, y es viernes. Hasta el lunes es imposible que lo atienda.
—¿CÓMO DICEEE? —gritó ya furioso el hombre.
—Lo siento. Así son las cosas aquí. Vuelva el lunes, por favor. Venga directamente a esta oficina y yo lo haré pasar con este número. Es lo máximo que puedo hacer por usted.
—Disculpe... —suplicó irritado el jardinero.
—¿Sí, señor?
—Después del examen médico... ¿qué sigue?
—No lo sé. Yo nunca fui más allá de esta puerta. Mi puesto es éste por ahora. Pero seguramente encontrará gente que le indique.

¿Qué debía hacer ahora? Obviamente no podía quedarse allí hasta el lunes. Decidió entonces volver por la puerta por la que había entrado. De pronto, se encontró con que del otro lado ya no estaba el gran salón, sino un par de puertas pequeñas en un minúsculo recibidor. Evidentemente se había equivocado de salida, así que intentó regresar a la pequeña sala donde le habían anunciado que debía esperar hasta el lunes, pero tampoco estaba allí. Una gran recepción de hotel lo esperaba, la cual estaba llena de gente que se ordenaba en dos hileras frente a un mostrador. Axel Grode no sabía dónde ubicarse, pero eligió una de ellas.

—Disculpe —se dirigió con cortesía a la persona delante de él en la fila.
—¿Sí?
—¿Para qué es esta fila?

—Espere que pregunto.

Así, el hombre preguntó a quien lo antecedía y este, a su vez, al anterior; y así, hasta llegar al mostrador. La respuesta volvía por el mismo camino.

—Es para hospedarse hasta el lunes.

Grode seguía asombrado por lo que estaba sucediendo. Había preguntado a alguien que estaba en una fila para qué era la misma, y no solamente esa persona no lo sabía, sino que ninguna, salvo el primero, podía dar una respuesta. Lo que más lo alteraba era que aquella situación parecía no molestar a los demás, era como si no tuvieran razonamiento propio.

—Pero yo no me quiero hospedar aquí —retomó Axel, a pesar de adivinar en ese preciso momento cuál sería la respuesta.
—Ese no es asunto mío. Pregunte en la otra fila, quédese, váyase o haga lo que le parezca, pero no moleste.

Decidió buscar la salida y volver al pasillo del que no debería haber salido en ningún momento. Fuera donde fuera, siempre había dos puertas para escoger, sólo que ahora nadie lo atendía. Ya había terminado el turno de atención y hasta el lunes... nada. Se sentó en un cómodo sillón a descansar y a pensar con tranquilidad cuál sería el siguiente paso. Allí se quedó dormido.

Pasaron unas horas, y cuando Grode despertó no recordó inmediatamente lo sucedido. El lugar le era extraño. Pensó que había soñado todo lo del ángel, la escuela, el laberinto en línea recta... Pero unos segundos después, se dio cuenta de que no se trataba de una pesadilla. Él estaba precisamente donde recordaba haber estado por última vez. Entonces comenzó a sentir temor. Ahora estaba más descansado, así que se detuvo a pensar en lo que debía hacer para salir de ese manicomio. Lamentaba no poder conocer tan solicitado laberinto, pero no podía esperar todo el fin de semana allí. Tenía trabajo que hacer y también debía salir del pasillo antes de que se extinguiera totalmente la luz. ¿Cómo podían tantos jóvenes mantenerse tan quietos y resignados tanto tiempo? ¿Acaso habrían olvidado el pasillo? ¿Habrían entrado por allí o quizás por otro lado? No podía responder esas preguntas. Parecían potros a punto de ser domados.

Intentó asociar lo que había aprendido en la escuela de laberintos con lo que le estaba sucediendo, pero nada le era de utilidad.

Todo ese aprendizaje no me sirvió de nada. ¿Cómo puedo yo, Axel Grode, quedar atrapado en un atasco tan estúpido, sin siquiera poder ingresar al laberinto?, pensó el jardinero, ahora con un dejo de resignación.

Permaneció largos minutos sentado allí, pensando, titubeando, sorprendido por la situación. Debía encontrar una solución. Volvería por donde había llegado, así que debía poner manos a la obra. Sin embargo, nunca había vuelto sobre sus pasos, ni en el más complicado de los laberintos. Y aquí aún no había podido ver la entrada de uno.

—¡Claro!, ¡eso es! ¿Cómo pude ser tan idiota? LABERINTO BINARIO. ¡Por supuesto! ¡Este es el famoso laberinto binario! Todo sí o no, blanco o negro, malo o bueno, puerta derecha o puerta izquierda. ¡Extraordinario!

Pero eso no le decía cómo salir de allí. Tuvo tiempo de reflexionar y descubrir que, si el mundo estuviera limitado a dos opciones de cada cosa y en cada momento, el planeta posiblemente ya no existiría. Estaríamos todos locos o dominados por los sistemas. Ahora que lo pensaba, mucho de lo que estaba experimentando era cosa cotidiana en su país, en repúblicas, comunistas o capitalistas, dictaduras... De hecho, todo.

Grode había descubierto el engaño, pero no la clave para salir. Debía apurarse para lograr salir antes de que la luz se atenuara demasiado. Pensó en buscar el camino de regreso, en seguir avanzando por las puertas, pero comprendió que no podría hacer nada sin que lo detuvieran o que derivase en cualquier lugar cada vez más alejado de la salida. Siguió pensando un largo rato, hasta que descubrió que todo se atenía a una lógica binaria. Si una opción era válida, la otra no lo era. Cualquiera fuera la elección, siempre se enfrentaría a otra alternativa. Así indefinidamente, a menos que...

Rápidamente el jardinero comenzó a abrir puertas y a atravesar ambientes en busca de algún elemento que le sirviera, o dos puertas que estuvieran muy juntas. Así llegó, al cabo de unos cuantos minutos, frente a unos baños —damas y caballeros—, que tenían las puertas casi a la par y cuyos picaportes estaban enfrentados, ambos al alcance de sus dos manos. Debía provocar una paradoja en el sistema para que el mismo se desestabilizara y perdiera su lógica. Asió los picaportes y abrió ambas puertas simultáneamente. Detrás de cualquiera de las dos se encontraría con lo mismo: el Laberinto en línea recta.

Había creado una tercera alternativa. Inmediatamente saltó por una de las puertas hacia el pasillo principal.

Capítulo 5
EL GUÍA

i bien salió Grode del laberinto binario, miró hacia la luz, al fondo del gran pasillo, y vio que la misma se había atenuado sensiblemente. De haber quedado atrapado allí más tiempo, seguramente habría perdido la apuesta. Debía ser muy cuidadoso. Corrió hacia el objetivo primario y la luz comenzó rápidamente a brillar con más intensidad. En el camino, incluso, había ignorado dos puertas. No era tiempo de ponerse a investigar nuevos laberintos, al menos por el momento.

A pesar de ello, algo lo detuvo. Frente a él, a un costado del pasillo, se encontraba un hombre sentado, comiendo una fruta.

—¡Caramba! Eres el primer ser humano que veo en este pasillo —alcanzó a decir Axel Grode.
—Yo veo muchos.
—¿Qué es lo que haces aquí?
—Soy un guía. Estoy aquí para auxiliar a quienes necesitan ayuda.
—¿Ayuda? ¿Acaso hay accidentes? ¿Gente lesionada?

—No. Dentro del Laberinto no hay accidentes ni gente lesionada. Solamente circunstancias.
—Pero la gente puede caer y lastimarse.
—Son circunstancias. El objetivo no cambia ni desaparece por ello.
—Entonces… ¿cuál es la finalidad de tu ayuda?
—¿No necesitas ayuda?
—No lo creo.
—Entonces puedes seguir tu camino.
—Eso haré.
—Sin embargo, te he visto entrar y salir a través de algunas puertas… —señaló pícaramente el guía.
—No he necesitado ayuda para eso.
—Lo sé. Es tu libertad. Tú haces lo que quieres con ella, pero…
—Pero ¿qué?
—¿No te han dicho que tenías que seguir derecho hacia donde brilla la luz?
—Sí.
—¿Y por qué no lo haces?
—Soy bueno en los laberintos, puedo sortearlos fácilmente. Me llamo Axel Grode, soy jardinero y fabricante de laberintos. El mejor, de hecho.
—El objetivo está allí —dijo el guía señalando el final de la línea recta—, no del otro lado de las puertas.
—Pero a mí me resulta divertido el desafío.
—Recuerda que a medida que avanzas, el tiempo perdido apaga más rápidamente la luz.
—Esa luz no dejará de brillar nunca.
—Eso es lo que tú crees. Yo sólo cumplo con mi deber de advertirte.

El hombre allí sentado hizo un ademán como si saludara a alguien que pasaba.

—¿A quién saludas?
—A un niño que pasó.
—Yo no he visto a nadie.

—Tú debes ocuparte de ti mismo. Aquí sólo yo puedo ver a todos los que pasan. Es mi privilegio. Puedo ayudar a todos y todos lo hacen por mí.

—¿Y acaso él no necesitaba ayuda? —preguntó intrigado Grode.

—Obviamente, no. Desde la salida no ha dejado de correr hacia la luz. Él no necesita ayuda, al menos no por ahora. De todos modos, yo le echo una mirada de tanto en tanto.

—¿En qué te ayudan todos, como dices?

—Pasando de largo. Eso hace que la energía del Laberinto se eleve. Ese es el alimento que necesita. Cada paso que da cada individuo hacia la luz al final del pasillo, genera energía. Esta se aloja en cada uno, pero, al mismo tiempo, forma parte del Laberinto. La gente genera y da energía. Simultáneamente, recibe y almacena dentro de sí esa fuerza y vuelve a recibir, por el hecho de haber dado más energía a lo que la rodea dentro de este lugar. Y así se forma una cadena que garantiza la energía vital de todo. Si te fijas bien, funciona igual que tus jardines. Por eso es más importante dar que recibir. Porque si el hombre no avanza, no estará DANDO, y por lo tanto, se privará a sí mismo de recibir. Eso es en lo que me ayudan los demás, puesto que formo parte del Laberinto y necesito también esa energía.

—¿Y en qué podrías ayudarme tú, amigo?

—Dímelo tú.

—En realidad... hay algo que me intriga. ¿Por qué llaman laberinto a este pasillo? No lo entiendo. Es tan simple, tan obvio...

—Es muy simple y muy obvio, es cierto. Sin embargo, tú ya te desviaste dos veces.

—Es que me intrigaba lo que podía hallar detrás de las puertas.

—¿Has salido gratificado de allí?

—De la escuela sí.

—¿En qué te ha enriquecido?

—¿Acaso nunca has ido a la escuela?

—Si es para cruzar de un extremo al otro de un pasillo, no le encuentro utilidad. Si tuviera planeada otra cosa, quizás sí. No lo sé.

—Si eres el guía de este Laberinto, no puedes responder que no lo sabes.

—Yo soy guía de este Laberinto en línea recta. Sé que empieza en un extremo y termina en el otro. Sé cómo hacer brillar la luz y cómo atenuarla. Y sé que no debo atenuarla. Eso es todo.

—Eso lo sé yo también. No necesito de tu ayuda.

—Es tu libertad, ya te lo dije. Sin embargo, no has dudado en salirte del pasillo dos veces. Si crees que eso te hará llegar a la meta con una luz cegadora... Es tu vida y tú decides. Serías el primero...

—¿Acaso hay alguien que llegue con el máximo brillo de la luz?

—Nadie está capacitado para ello. Esa luz no tiene límites. Pero en este Laberinto tienes la posibilidad de llegar a un máximo según sea la luz que traías al entrar.

—La luz estaba allí. Yo no traía ninguna luz conmigo.

—¿Cómo era la luz del extremo cuando entraste? ¿Más o menos brillante que ahora?

—Más.

—Entonces estás en deuda.

—¿En deuda con quién?

—Contigo mismo, por supuesto.

—No lo entiendo.

—Entonces necesitas ayuda para comprender mejor. ¿No crees?

—¿Hay algún motivo por el cual yo deba comprender mejor? Esto es solo un desafío que me fue planteado por un... ángel o algo así. Y pienso vencer a ese charlatán.

—Al paso que vas, no lo harás... —dijo irónicamente el guía.

—Y supongo que me dirás la razón —farfulló Grode.

—Sólo si tú me lo pides. Si prefieres no saberlo, estás en tu derecho.

—Bueno... dímelo —aceptó el jardinero con cierta resignación.

—La luz que ves al fondo de este pasillo, como tú lo llamas, es sólo un reflejo.

—¿Reflejo de qué?

—De ti mismo. Brillará tanto como brille la luz que mora en tu interior.

—Esa es nueva. Tengo luz en mi interior...

—Más de lo que imaginas, pero mucho más. Y la luz no brillará nunca menos, pero si pones muchos velos a una cortina, esta filtrará

El laberinto de Grode

el paso de la luz hasta oscurecerlo todo. Cada vez que traspasas una de esas puertas y pierdes tiempo en alcanzar tu objetivo, agregas velos a tu luz.

—Disculpa, eso me suena demasiado inverosímil. Yo necesito ver las cosas para creer en ellas. Lo que dices es abstracto, como filosofía barata. No necesito de ello para lograr mi objetivo.

—¿Recuerdas cuál es tu objetivo?

—Por supuesto: el llegar al otro extremo del Laberinto.

—Todos pueden lograr eso. Ese no es el objetivo.

—¿Cómo que todos lo pueden lograr? Entonces, ¿qué clase de desafío es éste? ¿El mismísimo Axel Grode, rey del laberinto, retado a un desafío que casi todos logran vencer?

—Yo no he dicho que TODOS lo logren. Yo sólo dije que todos pueden llegar al otro extremo. Pero no son muchos los que logran llegar con una luz más brillante que al ingresar. De hecho, es suficiente que llegues con la misma luz con la que entraste para ser derrotado. Habrás desperdiciado tu tiempo.

—Si, recuerdo. Ese fue el desafío que me planteó Miguel.

—¡Ese es el desafío que tú debes plantearte! ¿O no te crees capaz? ¿Para qué enfrentas un desafío, si no sales fortalecido de él? El niño que pasó hace unos instantes entró al Laberinto mucho después que tú y su luz está cada vez más brillante.

—Yo soy superior a ese niño —protestó Grode, ofendido.

—Aun así corres el riesgo de fracasar en los términos que tú consideras suficientes. Eso sería solamente sobrevivir al desafío, no superarlo. Si tú eres quien dices ser, entonces debería ser muy sencillo para ti entender lo que quiero decir. Debes comprometerte a resolver el Laberinto cuanto antes y con consciencia.

Grode se quedó pensando en lo que el guía acababa de decir. Era cierto que él no podía darse el lujo de, simplemente, resolver el Laberinto; pensó que él debía hacerlo mejor que nadie. El hombre en la silla adivinó su pensamiento y rápidamente aclaró:

—No debes hacerlo mejor que algún otro, eso puede resultar simple. Debes hacerlo mejor de lo que puedes hacerlo tú mismo. Debes esforzarte.

—Pero nadie ha podido derrotar a Axel Grode en una justa de laberintos.
—No es cuestión de compararte con otros. Si así fuera, tú estás demostrando ahora mismo que estás en igualdad de condiciones con aquellos que vences en las justas.
—No digas tonterías...
—Ellos nunca han vencido a Axel Grode.
—¡Es correcto! —se ufanó el fabricante de laberintos.
—Tú tampoco lo estás venciendo... Ni siquiera le estás empatando. Estás igual que ellos. Ahora debes dejar de compararte con los otros y dedicarte exclusivamente a ti mismo.

El jardinero se sintió desnudo ante tal evidencia. Cuando había entrado, la luz estaba más brillante, y cada vez que se jactaba de sí mismo, su fulgor parecía atenuarse. Eso no era digno de él.

—¿Y qué me aconsejas que haga? —preguntó el jardinero al hombre de la silla.
—Ve hacia la luz sin detenerte.
—Eso ya me lo dijo el ángel. Tú no me estás diciendo nada nuevo respecto de este Laberinto. Ni siquiera has ido a la escuela de laberintos, y supongo que no has entrado al laberinto binario...
—¿Qué importancia tiene todo eso, si no forma parte de este Laberinto? ¿O acaso no te das cuenta? Esas son tus creaciones; tus propias experiencias, tus propias elecciones, tus decisiones, tus dudas, tus sueños, tus miedos, tu búsqueda. Son los laberintos que tú creas, no el que debes enfrentar. No son parte de la realidad que debes afrontar; esa está aquí, la estás pisando, es la única absolutamente real, aunque tú la veas abstracta. Cada paso que das eres tú y tu presente. Lo único que cambia es la intensidad de tu luz. Lo demás no te guiará a la salida, sino que te engañará y te hará creer que es real.
—La escuela fue muy real, el laberinto binario era real...
—¿Los ves ahora detrás de ti?
—No, han desaparecido. Es parte de las reglas de este Laberinto. Tú estás aquí y, cuando yo dé unos pasos hacia el final del pasillo, también desaparecerás —respondió el jardinero.

—Te equivocas, yo siempre estaré. ¿Acaso no tienes todo lo que necesitas a tu disposición en este pasillo? ¿No fue eso garantizado al entrar?

—Sí, claro.

—Todos necesitan un guía. Yo apareceré cada vez que tú lo precises, aun cuando no lo solicites. La escuela no volverá por ti ni podrás volver a tu laberinto binario; se han esfumado, no permanecen, no son reales.

—¿Y tú lo eres?

—La luz, tú y yo somos lo único real en este lugar. Lo demás es ilusión.

—Entonces... solamente debo seguir derecho hacia el fin del Laberinto...

—Sin desviarte —aseguró el guía.

—Sigue siendo un laberinto bastante tonto...

El guía sabía que a este hombre no le iba a ser fácil lograr el objetivo. Presintió que, con su soberbia, iba a necesitar más de una lección para aprender a sortear el obstáculo. De todos modos quiso prevenirlo:

—No cantes victoria aún. Piénsalo: una simple línea recta ES el más tortuoso de los laberintos.

Capítulo 6
LOS ESPEJOS

Cuando **Axel Grode se despidió del** guía, se sentía fortalecido. En realidad, redescubría algo dentro de sí. Algo que siempre había estado y él lo sabía, aun cuando nunca lo hubiese tenido en cuenta. No podía explicarlo con palabras. El jardinero del viejo palacio real, el gran Grode, no había comprendido en lo más mínimo lo que el guía le había dicho, pero el corazón del hombre, Axel, tenía la certeza de haber saciado su sed. Él sabía, no necesitaba comprender. La comprensión era posiblemente la trampa. El saber sin palabras era la gloria.

Caminó hacia la luz sin cambiar de hilera de baldosas. Apuró el paso y comprobó que, efectivamente, la luz jugaba a brillar como si lo estuviera esperando para darle un abrazo de reencuentro. En ese momento, ni siquiera sintió curiosidad por el Laberinto, su razón de ser o sus características. Él sabía todo y eso le alcanzaba. No se preocupó por las tantas puertas que habían pasado a ambos lados, ahora desaparecidas en la nada. No le habían importado. Parecía haber comprendido que eran tan irreales al verlas como al desaparecer.

"La luz, tú y yo somos lo único real en este lugar. Lo demás es ilusión". Debía mantener esa frase en su mente. Sintió que era la clave del éxito y que no debía menospreciarla. De todos modos, el final del pasillo estaba aún muy lejos y debía esforzarse.

"Una simple línea recta es el más tortuoso de los laberintos". En ese momento, nada podía hacerlo dudar y siguió avanzando. La luz era tan cambiante y brillante que parecía bailar como un fuego. El paso había sido bastante acelerado y decidió detenerse a comer y a beber de una mesa que apareció a su derecha sobre el pasillo, cerca de una puerta.

Grode se sentó y disfrutó de un poco de queso y agua, como si se tratara de un banquete, realmente lo estaba saboreando con devoción y deleite. Permaneció allí un buen rato. La luz no variaba, estaba todo bien. Él, en el pasillo, gozando de una realidad que siempre creyó ficción, sin temores, sin apuros, sin antes ni después. Libre.

Entendió que si se echaba a descansar dentro del pasillo, la luz lo esperaría gozosa. No estaría perdiendo tiempo. Se acomodó contra la pared y durmió una larga siesta.

Al despertar, se desperezó lentamente, como si hubiese soñado que volaba. Miró hacia el final del corredor y vio que la luz aún danzaba, espléndida. Se incorporó y sacudió un poco sus ropas. Mientras lo hacía, buscó inocentemente con la mirada el cartel de la puerta cercana. "Laberinto de los espejos — Si no eres mediocre, entra".

¿Qué estupidez es ésta? Si entras te atrapan y si no entras eres un idiota, pensó Grode.

Había oído hablar de estos laberintos de espejos y decir que eran difíciles. Pero debían ser una colección de tabiques espejados, aunque él mismo no los había visitado. No había muchos en las ciudades y la mayoría estaba en parques de diversiones, bastante pequeños, de hecho. El jardinero supuso que, en este caso, no debía ser tan sencillo; de otro modo no estaría precisamente allí. Debía tratarse de la madre de todos los laberintos de espejos.

No le temía, sin embargo, la duda lo invadió. Olvidó por un momento los conocimientos que su corazón había atesorado y dejó que su cerebro manejara la situación. Se trataba, a su entender, de un planteo absolutamente racional y, por lo tanto, la resolución debía ser cerebral.

Como si se hubiera producido una separación inconsciente entre su cerebro y su corazón, entró. Se sentía muy fuerte, muy seguro de sí mismo. Todo lo que había ganado al avanzar en el pasillo central, se transformó de pronto en su propio mérito y su orgullo. El cambio era incomprensible, pero él debía seguir disfrutando de sus dotes.

Ni bien Grode cruzó el umbral del laberinto de los espejos, vio cómo la puerta se cerró violentamente detrás de él. Allí ni su edad ni su apariencia habían cambiado, podía comprobarlo en cualquiera de los espejos que enfrentaba. Apenas ingresó se dio cuenta de que ese laberinto era diferente a los demás. El único acceso era una escalera descendente. Interpretó que la salida se encontraría al volver a ascender y descubrió que su aspecto cambiaba a medida que bajaba. Se volvía cada vez más andrajoso y sucio. Avanzó entonces por entre los espejos, buscando la imagen que le devolviera su estado normal. La disposición de los tabiques era como la de cualquier laberinto, lo cual no le pareció una idea brillante. En un momento, se encontró con que había llegado hasta un tramo sin salida y, cuando quiso corregir el trayecto, descubrió que había quedado atrapado entre cuatro espejos. Eso no era posible, había tenido que entrar por alguno de los lados. Ahora no tenía salida, no era lógico. Su lastimosa y triste imagen se reflejaba hasta el infinito en los cuatro tabiques.

—La salida es por aquí —escuchó decir a uno de sus reflejos.

Axel Grode se sobresaltó ante lo inesperado de la situación. Retomó su calma después de unos segundos y simuló no haber oído.

—Por aquí, te dije, ¿o acaso eres sordo?

—¿Qué clase de truco es este?
—Ningún truco. Por aquí entraste y por aquí debes volver. Las otras tres imágenes son sólo reflejos y los tabiques son reales.
—¿Tú no lo eres?
—Sí, pero soy móvil —respondió la imagen.
—Entonces sólo debo empujarte hasta saber para qué lado te abres.
—¡No tan rápido, imbécil!
—¿Quién te crees que eres para llamarme imbécil? —respondió amenazador Grode.
—Yo no soy nada más que aquello que tú reflejas.
—Eres listo, ¿eh?
—Tanto como tú puedas serlo.
—Y supongo que me dirás cómo salir de esto...
—Dime, ¿qué ves?
—Veo a alguien igual a mí, vestido en harapos, aunque sé que se trata de una ilusión.
—¿Y cómo pretendes volver a recuperar tus ropas de jardinero palaciego, aquí encerrado?
—Saliendo de aquí —afirmó el jardinero.
—¿Cómo harás eso? —preguntó irónica la imagen.
—Patearé el espejo en el que tú apareces —dijo Grode, mientras lanzaba un fuerte puntapié hacia su imagen.
Sintió que la patada golpeaba contra un muro de hormigón y cayó muy dolorido al piso.
—¿Lo ves? Eres un idiota.

Axel gemía en el piso tomándose el pie golpeado. Entendió que estaba a merced de su imagen y, poco a poco, fue recuperando su compostura. Se puso de pie y volvió a enfrentarse a sí mismo.

—De acuerdo. ¿Cómo salgo de aquí?
—Veo que estás aprendiendo. Al salir de aquí deberás trabajar duro para recuperar tus vestimentas y buscar la salida de este laberinto.
—¿Es acaso éste el más difícil de los laberintos que bordean el pasillo central?

—Sé tanto como tú. He estado en todos los laberintos en que entraste, puesto que iba contigo. Ninguno más. Pero creo que éste es uno de los más difíciles.
—Veremos eso. Sigo siendo el mejor —presumió Grode.
—Estoy de acuerdo contigo y deberías demostrarlo.
—Por supuesto que lo haré. ¿Qué deberé hacer al salir de aquí?
—Ya te dije: deberás elegir un trabajo para hacer y demostrar que puedes avanzar. Ten cuidado, aquí solamente los inteligentes entienden cómo funciona el sistema.
—No te preocupes, déjame pasar.
—Sólo debes atravesarme.
—Pero ¡si eres una pared!
—Te golpeaste a ti mismo por eso te dolió. Si en vez de golpear hubieras avanzado caminando, lo habrías logrado.
—¡Maldición!
—Pero te servirá de lección. Afuera necesitarás más que tu fuerza para lograr tu objetivo. También necesitarás mucha, pero mucha suerte.

Axel Grode atravesó el espejo sin ninguna resistencia. Del otro lado había varias filas de gente, alineadas frente a distintas mesas; y en cada una de ellas una persona tomaba notas mientras iba atendiendo al público. Todo el ambiente estaba rodeado de espejos y la escena parecía multiplicarse por millones. Sin embargo, era bastante fácil determinar cuál era la real y cuáles eran las imágenes reflejadas. Sobre las mesas había carteles. "Metalurgia", "Ingeniería", "Fundición", "Cocina", "Limpieza", "Albañilería", y así varias. Buscó "Jardinería" con insistencia y cuidado, pero no la encontró. ¿Cómo podían haber obviado la jardinería?

—Disculpe... ¿podría decirme dónde está Jardinería?
—¿Jardinería? ¿No ha encontrado Jardinería?
—No.
—Entonces estamos iguales. Yo no encontré Música, que es lo que me interesa.
—Es cierto, tampoco vi el cartel de música —asintió Axel Grode.

—Obviamente deberemos arreglarnos con aquello donde aún haya vacantes.
—Pero... ¿para qué es todo esto?
—¿Cómo para qué? ¿Acaso usted vive del aire? Lo felicito.
—Es que en el pasillo central yo no necesitaba de todo esto.
—¿De qué pasillo central me está hablando?
—Del pasillo del que todos venimos.
—Mire, amigo, mi memoria no llega a antes de mi nacimiento y no recuerdo haber venido de ningún lado. Yo nací aquí. Y si quiere alimentarse, vestirse mejor, y veo que lo necesita, deberá trabajar —dijo el músico con cierto aire despectivo.
—Yo siempre he trabajado y me he ganado mi pan con ello. Pero lo mío es la jardinería, no todas estas cosas.
—Pero no hay vacantes en lo suyo, como no las hay en lo mío. Siempre es lo mismo.
—Pero soy el mejor jardinero que jamás haya existido. Tengo las mejores referencias.
—Por lo que trae puesto, creo que las debe haber dejado en el otro traje —respondió jocoso el músico.

Aquello molestó a Grode que decidió seguir buscando. Seguía sin aparecer el cartel de jardinería. Comenzó a sentir hambre y frío. Decidió entonces ir hasta la fila de "Cocina". Debió esperar un largo rato viendo como aprobaban o rechazaban a los candidatos delante de él. Tenía buenos conocimientos de cocina, aunque jamás los habías usado para sobrevivir. Grode escuchaba las preguntas y analizaba las respuestas. De ese modo, fue analizando qué era lo que interesaba a la gente que estaba reclutando aspirantes. Iba acercándose al tope de la fila, y ya tenía todo preparado para asegurarse la entrada. Después de que la mujer que estaba justo delante de él terminó de ser entrevistada y aceptada, avanzó confiado. Increíblemente, el hombre sentado detrás de la mesa quitó el cartel que decía "Cocina" y lo cambió por otro que decía "No hay más vacantes". Enfurecido, comenzó a insultar al hombre, el cual, sin inmutarse, se dio vuelta y se marchó.

Axel Grode salió rápido de allí, al darse cuenta de que todos los que estaban en esa hilera ya estaban buscando dónde acomodarse en otras para conseguir trabajo.

"Necesitas inteligencia y mucha suerte" recordó Grode. También necesitaba comer y no podía encontrar la salida al pasillo central. ¿Qué laberinto podía ser aquel al lado de este? Todo aquello era terrorífico. Grode sintió miedo.

Luego de varias intentonas en las que habían fracasado, todos quienes esperaban conseguir un empleo se habían retirado cerca los espejos que rodeaban el gran salón, donde descansarían hasta el día siguiente. Un grifo de agua era todo a lo que podían aspirar. Axel fue uno de los tantos en cenar agua esa noche. Luego se retiró a dormir junto a un espejo, envuelto en unos papeles que habían quedado tirados allí.

Miró su aspecto en el espejo e intentó hablarle en busca de respuesta, pero no la obtuvo. El frío, cada vez más intenso, lo despertó varias veces en la noche y descubrió que le habían robado los papeles que lo cobijaban. Debió levantarse e ir a buscar a alguien que se hubiese dormido para quitarle lo que lo cobijase o de lo contrario podría morir congelado. No le importó lo que sucediera con el otro, simplemente, tenía hambre, frío y mucho miedo. Se sintió inútil, a pesar de ser el mejor en lo suyo. ¿Por qué no había un cartel de jardinería? Cubierto por los harapos que le había quitado a otro, caminó en la oscuridad para que sus músculos no se entumecieran. Pensaba y pensaba en cómo lograrlo. No había tenido ningún empacho en robar esa noche. Se había vuelto salvaje. Había llegado donde nunca imaginó que podría llegar. En su interior sabía que, dentro de ese sistema, debía comportarse como un animal en la jungla para lograr su objetivo. Buscó alrededor de todo aquel inmenso ambiente, mientras los demás intentaban dormir. La gente que conseguía un empleo debía poder salir de allí por alguna puerta, que, con suerte, estaría abierta. Debía apresurarse ya que debía garantizarse el primer lugar en una fila, el día siguiente.

Buscó hasta muy temprano en la madrugada, pero no encontró ninguna salida. En ese ambiente rodeado de espejos (había tratado de romperlos sin éxito), sólo había gente, mesas con pequeños canteros detrás y carteles. Ni siquiera había algún lugar donde se pudiera conseguir comida.

Ya estaba por amanecer, cuando intentó una última prueba, una idea fugaz en la que no tenía nada que perder. Destruyó las flores de los canteros y orinó sobre la tierra tanto cuanto pudo. Un poco aquí, un poco más allá. Nadie lo veía. Rápidamente se acercó a las mesas y fue dando vuelta los carteles, buscando aquel que dijera "Jardinería". Cuando lo hubo encontrado, se colocó primero en la fila, esperando a que llegase la hora en que la actividad daría comienzo.

Llegó la hora y los empleados que atendían en cada una de las mesas se fueron acomodando frente a las ya pobladas filas. Al tiempo que alguien daba la alarma avisando que las flores estaban secas o rotas, una joven se apuró a sentarse frente a él y tomó el cartel de jardinería para acomodarlo. Ahora sí había vacantes. Detrás de él había una legión de personas esperando ser atendidas, sin saber, en realidad, que esa mesa comenzaría a pedir jardineros. No importaba lo que hubiera que hacer, la mayoría no elegía, sólo trataba de ser reclutado en lo que fuera, aun mintiendo. Pero Axel Grode en jardinería no mentía y sabía que era su turno de lograrlo.

—¿Sabe usted algo de jardinería? —inquirió la joven.
—Por supuesto. Especializado en jardines laberinto, pero no exclusivamente en ello, conozco las plantas hasta por su nombre en latín.
—Excelente.

Tras las preguntas de rigor, bastantes por cierto, Axel logró convencer a la examinadora de que él era la persona que haría florecer todos los canteros. Por fin logró pasar. Detrás de él, la mujer quitaba el cartel de jardinería y volvía a colocar el de "No hay vacantes", tras lo cual se produjo la esperada estampida hacia otras filas de quienes habían estado detrás de Grode. Inteligencia, suerte y falta de escrúpulos. Acababa de aprender.

Axel Grode no tardó en demostrar sus habilidades y, ni bien hubo terminado con los canteros, fue invitado a pasar a través de un espejo hacia otro salón. Su imagen se le enfrentó. Vio que sus ropas eran mejores que las que tenía al entrar, pero también vio a un ser con una mirada seca, sin expresión. Un ser que le hubiera parecido despreciable, si él mismo lo hubiera visto en sus jardines del palacio. Cruzó el umbral y, por fin, vio un hermoso terreno que pretendía ser un jardín. Él podía transformarlo en una obra de arte.

—¿Dónde está el jardinero que tenía a su cargo este jardín?
—Fue despedido.
—¿Por qué razón, puedo saber?
—Porque usted es mejor.

Su vanidad acababa de ser acariciada dulcemente y no sufrió por el otro jardinero. Seguramente se trataba de uno de tantos mediocres que plantaban sin la menor técnica.

—¿Se está ocupando de algún otro jardín? —preguntó inocentemente Grode.
—No. Ya le dije, fue despedido. Debe estar en la sala de reclutamiento ahora.

Eso no le dolió. Ahora que él estaba disfrutando de su situación, no podía darse el lujo de sentir lástima por los demás. El sistema, ese era el sistema. Él había logrado escapar de aquello, aunque también sabía que podía volver. Pero su capacidad era superior. La paga le alcanzaba para alimentarse, vestirse y disfrutar de unas pocas cosas. Estaba todo bien. Sin embargo, el miedo no cesaba; nadie podía asegurarle que en ese jardín no decidieran construir algo o que, simplemente, no lo necesitasen más. Nadie, tampoco, le garantizaba que al día siguiente no lo consideraran un empleado caro y lo reemplazaran por alguien que se conformara con ganar solo lo suficiente para comer.

Hizo lo mejor que pudo y logró que la gente se maravillara con su obra. Su soberbia estaba volviendo a ser la de antes y ahora estaba seguro de que la usaría para llegar aún más alto. Ese era solamente un jardín. Necesitaba controlar todos los jardines y no tardó en lograrlo. Los que ocupaban los puestos a los que él había aspirado iban siendo desplazados. Algunos debiendo volver directamente a la sala de reclutamiento.

Grode no pensó en hijos, ni en esposas, ni en enfermedades, ni en nada de eso. Él ya se había acomodado firmemente en un lugar del sistema y sabía cómo hacer para que nadie lo desplazara. Tenía tantos jardines a su cargo como nadie los había tenido antes. Diseñaba laberintos extraordinarios, mejores que los del palacio real. Había aprendido a controlar a todos quienes dependían de él. Tenía una casa hermosa y buenas ropas, comidas y bebidas a elección.

Sin embargo, algo le faltaba y no sabía qué era. Había olvidado por completo el Laberinto central y no le preocupaba otra cosa que no fuera mantenerse en ese sistema. Todas las mañanas veía en el espejo a un hombre duro, soberbio, sin vida en los ojos, sin sonrisa. No le importaba. Era el mejor y nadie podía negarlo.

Una mañana, en uno de los jardines más hermosos que había diseñado, vio a un joven. Algún recuerdo le trajo esa imagen, pero no lograba ubicarla en su memoria, como si al entrar al laberinto de los espejos la hubieran tamizado, quitándole ciertos elementos. Le llamó la atención que hubiera alguien allí que no fuera empleado suyo y se paseara tranquilamente por su intrincado jardín. Lo hacía bien, demasiado bien, como si él mismo lo hubiera diseñado. Grode no recordaba haberlo visto antes. Pensó que si alguien podía salir de sus laberintos con tanta facilidad, su puesto corría peligro. Tuvo miedo. Se apresuró a entrar al laberinto por la salida para encontrarse con el joven a mitad de camino.

En un codo, finalmente, se topó con el muchacho.

—¡Ay! Axel, Axel. Volvemos al principio.
—¿Quién eres tú? Tu cara me resulta conocida —respondió el jardinero sorprendido.
—¿Ya no me recuerdas? El jardín del palacio, los espinos, el laberinto sur. Miguel. Soy Miguel, tu amigo, el ángel. ¿Recuerdas?

—Sí... mmmmm... Ahora te recuero —dijo el jardinero con una mueca muy particular—. Tú me metiste en esto, si no me equivoco.

—¿Yo? Yo no te metí en esto. Tú lo hiciste.

—¿Cómo que fui yo? Tú me desafiaste —replicó, serio, Grode.

—Yo no te desafié a que entraras aquí. Mi desafío es en el otro laberinto. EL LABERINTO —dijo con picardía, pero con autoridad, el joven ángel.

—Supongo que no puedo combatir ese argumento —masculló Axel con cierto dolor en su orgullo.

—No, supongo que no.

—¿Cómo está el jardín del castillo? ¿Lo viste? —preguntó el jardinero.

—¡Oh, sí! No te preocupes. Me he tomado la libertad de mantenerlo tal como lo dejaste y logré que ni tu familia ni nadie preguntaran por ti, con un pequeño truco de hipnosis. Además, no debes preocuparte demasiado, recuerda que te dije que perderías la noción del tiempo aquí.

—Me alegro. Deberé hacerme tiempo para ir a verlo uno de estos días.

—Opino lo mismo, pero primero deberías salir de aquí... y rápido. Tu soberbia ha aumentado considerablemente. El miedo la ha hecho aumentar. Tus dudas y tu falta de amor también. No te has estado portando bien, ¿verdad?

—¿Qué tiene que ver el amor con esto?

—Todo, absolutamente todo. Nada existe si no es por amor.

—No he encontrado mucho amor por aquí —reconoció Axel Grode.

—Es posible que aquí no haya amor.

—Dijiste que nada existe si no es por amor.

—Entonces debes buscar otras posibilidades. Veamos: si algo existe, entonces hay amor en él. Si no has encontrado amor aquí, debemos pensar seriamente que tal vez no lo hay. Por lo tanto, nada de esto es real, sino que se trata de tu propia ilusión.

—Estás tratando de confundirme.

—No puedo hacer eso. Tú ya estás, definitiva y totalmente, confundido. No me necesitas a mí para ello. ¿Acaso recuerdas el desafío?

—Vagamente —aceptó Grode.
—Ibas muy bien y de pronto me estás dejando ganar nuevamente. Posiblemente te guste mucho la competencia, pero me hubiera gustado que me vencieras fácilmente.
—Pero aquí estoy bien. He logrado llegar casi al tope de este laberinto.
—Has llegado tan alto que te has salteado la salida, Axel. Es hora de que vuelvas. Es tu decisión, pero lo digo por tu bien. He sido autorizado por el guía del Laberinto en el que estabas antes de entrar aquí para ayudarte.
—No estoy tan seguro de querer salir de aquí. Aunque me preocupan los jardines del castillo —reconoció el jardinero, acariciándose el mentón.
—Si no sales de aquí, entonces habré vencido. Lo triste es que no seré yo quien te haya derrotado, sino que serás tú quien se habrá rendido.
—¡Yo nunca me doy por derrotado! —exclamó Grode.
—Entonces debes decidir ya. Tu soberbia ha alcanzado niveles insospechados. Has cometido muchos errores y hasta has delinquido para llegar adonde estás. Tu luz se está apagando.
—¡Pero no puedo dejar esto así! ¿Cómo haré para salir de aquí?
—Hay varias maneras, pero lo primero es pedir disculpas a quienes has perjudicado. Es un velo muy grueso y opaco sobre tu corazón. Impide que ames y que te amen.
—¡Axel Grode jamás se disculpará ante nadie! Debe haber otra forma.
—No la hay.
—¡Mientes! —exclamó enojado el hombre.
—Nunca he mentido. Si lo hiciera dejaría de ser un ángel. No puedo tirar toda mi evolución por la borda, solo para que vuelvas al camino correcto. Estaría haciendo conmigo mismo lo que tú has hecho a los que perjudicaste en la sala de reclutamiento. Mírate a uno de los tantos espejos que tienes a tu disposición y dime qué ves. Si eso es lo que quieres para ti, entonces me voy y te dejo en paz, encerrado para siempre en este pozo.

Axel comprendió que estaba ante una disyuntiva que iba más allá de su voluntad. Había quebrado muchos principios y sólo le quedaban dos alternativas: entregar su soberbia a unos desconocidos o seguir adelante, pero ser derrotado. Nunca había tenido que resignar ni su proverbial soberbia ni la victoria. Aquella podía ser la más terrible de las encrucijadas a las que se iba a enfrentar en su vida y era una simple decisión entre dos posibilidades.

Laberinto básico, alternativas extremas. Acababa de aprender algo muy importante y debería recordarlo. Sus laberintos eran complejos pero, dentro de todo, seguros. Aquí, en cambio, él se encontraba a equidistancia de dos únicas salidas, sin misterios, pero que lo hacían girar sobre sí mismo como un carrusel.

Se sentó en el piso y sintió cómo combatían a muerte sus pensamientos con sus sentimientos, su cerebro con su corazón. Debía tomar una decisión.

—¿Por qué debo decidir entre una cosa u otra? Debe haber una tercera alternativa, como en el laberinto binario.

—Quizás la haya —respondió el ángel—. No lo sé. Sólo sé que no tienes más tiempo para decidirte. Eso te deja solamente dos alternativas.

—¿Por qué no tengo más tiempo?

—Tu luz agoniza, es lo más valioso que existe. Recuerda lo que te dijo el guía. Solamente él, tú y tu luz son lo único real. No estaba siendo poético, estaba siendo sincero. Todo esto es tu ilusión. Pero así como no entras a tu hogar sin limpiarte los zapatos en el umbral, tampoco debes entrar al Laberinto sin estar dispuesto a limpiar tus ofensas. Estarás dando más de lo que crees: si les pides perdón, estarás elevándote y les darás una oportunidad de perdonar, lo que los elevaría a ellos. Esta simple oportunidad que les estás dando, te elevará aún más. Como ves, das una y recibes dos.

—¿Entonces no tengo otra salida?

—Si existe, seguramente no te conviene.

—Entonces deberé pedir perdón. ¿No es así? —protestó resignado Grode.

Pero el ángel ya había desaparecido. Esta vez Axel no dudó, volvió sobre sus pasos y encontró a todos y a cada uno de aquellos a quienes había perjudicado. Les pidió perdón, aunque ahora ya no era importante si lo perdonaban o no lo hacían, eso ya era parte de la evolución de los demás. Él se había humillado y les había dado la oportunidad de hacerlo también. Una sola dádiva. Se sintió muy reconfortado y liberado. Se acercó a los espejos alrededor de la sala de reclutamiento donde se encontraba. Por algún lado debía estar la salida. Caminó frente a ellos, pero notó que su imagen no se reflejaba en ninguno. Se asustó, pero siguió buscando. Cuando por fin vio su imagen sonriente y feliz en uno de ellos, se dio cuenta: esa era la salida. Simplemente, la atravesó y se encontró nuevamente en el laberinto central.

Capítulo 7
LA PIRÁMIDE

na vez en el pasillo, Axel Grode se sintió nuevamente como en su casa. Había sufrido un duro revés en su última incursión fuera de él. Se había humillado ante seres que él consideraba inferiores, entregando buena parte de su preciado orgullo. Estaba exhausto. Miró hacia el fin del pasillo y apenas se adivinaba un tenue resplandor. Aún sin fuerzas, comenzó a caminar hacia allí, haciéndole recuperar lentamente su brillo.

—Duro el paseo, ¿verdad? ¿Necesitas ayuda? —la voz parecía provenir de ninguna parte y de todos lados al mismo tiempo.

—¡Ah! Eres el guía...

—¿Por qué te empeñas en demostrar tus habilidades cuando no son necesarias? Has estado muy cerca de quedar atrapado para siempre allí.

—Pero he logrado salir.

—Lo hubieras hecho quizás sin ayuda, pero tu ángel me pidió permiso para auxiliarte.

—Lo habría resuelto seguramente por mí mismo.

—Es posible. No intentamos interferir en tus decisiones. Lamento si has interpretado eso como una injerencia en tus asuntos. Ni a tu ángel ni a mí nos gustaría que quedaras atrapado fuera del Laberinto.

—Lo aprecio, pero dime la razón por la cual estás tú tan interesado en que lo logre —solicitó intrigado Axel Grode.

—Yo estoy interesado en que todos lo logren. Ya te he explicado cómo funciona este Laberinto.

—Sí, pero supongo que si hay alguien que se dedica exclusivamente a ayudar a los que por aquí pasan, la cantidad de personas que lo hacen debe ser razonable para justificar su presencia.

—Efectivamente, lo es. Aunque si fuera uno solo el que tuviera que pasar, yo también estaría aquí.

—Y ¿cuántos pasan? ¿Cientos? ¿Miles?...

—Miles de millones... De hecho, todos pasan por aquí, lo creas o no.

—No puedes atender a tantos...

—No es necesario atender a todos, aunque sí a la gran mayoría. Pero tengo trucos que me permiten hacerlo.

—¿Qué clase de trucos?

—No importan. Son parte de la experiencia que he adquirido y de algunos privilegios que me otorga mi función... —respondió el guía riendo sonoramente.

—Pero el tiempo que te estoy quitando no te permite velar por los demás. Si hacemos el cálculo...

—No te compliques la existencia, querido Axel. Supongo que tu amigo, el ángel, te ha dicho que al entrar perderías la noción del tiempo, ¿verdad?

—Sí, pero tu tiempo no puede ser eterno.

—Mmmm... Desde el punto de vista de donde lo miras, tu apreciación es lógica. Sin embargo, hay detalles muy sutiles que ignoras. Uno de ellos es el comportamiento del tiempo con respecto a tu ser interior.

—¿El que brilla, quieres decir?

—Ese mismo.

—Volviendo a donde estábamos, si son tantos los que pasan... ¿cuál es la razón para preocuparse por uno solo que pueda caer en las trampas del laberinto?

—En este Laberinto no hay trampas. Lo que tú crees que lo son no forman parte de él.

—Sin embargo, mi ángel me ha seguido fuera de este pasillo.

—Es su trabajo. Posiblemente sea la primera vez que visita lo que hay detrás de las puertas. Ahora, si tú quieres saber la razón de tanto cuidado por ti, no debes vanagloriarte de ello. Hay millones de personas en este mismo Laberinto, en este preciso momento, y otros millones detrás de las puertas. Todos son atendidos con el mismo amor que se te dedica.

—No puedes hacer eso, no es lógico ni racional.

—El amor no es racional. Todo lo abarca, todo lo ve, todo lo cuida. No necesita de un cerebro para funcionar. Sería como ponerle frenos. Y no hay manera de frenar al amor —sentenció el gentil guía.

—Pero ¿qué tiene que ver el amor con este Laberinto?

El guía lo miró con mucho cariño y trató de explicarle algo para lo cual no parecía estar preparado. Meditó bien lo que iba a decirle a Grode. No quería confundirlo.

—¿Cuántas puertas has atravesado?

—Varias.

—¿Has encontrado algo que te satisficiera allí?

—No lo sé. He sentido la satisfacción de ser lo suficientemente hábil para salir de allí.

—¿Cuántas puertas has ignorado?

—Muchas, creo.

—¿Has encontrado satisfacción en ello?

—Ninguna.

—¿En serio? Piénsalo —preguntó con dulzura el guía.

—No. Simplemente las he ignorado y eso es todo. Ni siquiera me detuve a ver sus carteles.

—Cuando volviste al Laberinto, después de tus incursiones fuera de él... ¿qué era lo que hacías en primer término?

Axel permaneció en silencio, sin darse cuenta de que aquello que cruzó por su cabeza era la respuesta correcta. Era tan obvia que creyó que no podía ser.

—Piensa con cuidado.

—... Mirar hacia el final del pasillo... —contestó el hombre pensando que decía una estupidez.

—¡Exacto! ¿Y qué notabas?

—Que la luz era más tenue.

—Ahora dime... ¿Qué hacías cuando avanzabas casi corriendo por el pasillo, ignorando las puertas a tus costados?

—... También... miraba hacia el final del pasillo.

—¿Qué veías?

—Una luz extraordinaria que parecía querer abrazarme.

—¿Cuál de los dos sentimientos te satisfacía más?

—La luz brillante —debió aceptar el jardinero.

—Entonces... busca ese placer y verás que cada vez se hará más evidente, más perdurable, más dichoso. Olvídate de los retos que tu cerebro te propone, sólo sufrirás. ¿O acaso no has sentido sufrimiento en tus paseos fuera del Laberinto?

Grode asintió con la cabeza, aunque aquella confesión hería su orgullo. Sin embargo, en el laberinto de los espejos había sentido la gloria muy cerca. El guía leyó su pensamiento y rápidamente intervino.

—¿Sabes, Axel? He escuchado por allí una historia que siempre me ha gustado. No la he inventado yo. Me la han contado. En un pueblo de la antigüedad, habían construido unas pirámides. Una de ellas era muy, pero muy alta y no tenía peldaños para subir. Era todo muy liso y peligroso. El rey del lugar había dado instrucciones de fijar una cuerda a lo alto de la construcción, la cual usaría para subir a su cima y colocar allí el secreto que daría, a quien llegara, el conocimiento más valioso que él había aprendido siendo rey. Nadie podría subir con él. Todos deberían esperar a su regreso para intentar escalar la pirámide. El rey subió y bajó por la misma cuerda. Cuando llegó a la base, la quemó, de manera que no hubiera forma de llegar arriba con ella. Todo el pueblo se abalanzó sobre la pirámide. Los más organizados habían acordado formar una torre humana, por la cual treparían con la promesa de compartir el secreto entre todos. Pronto, todo se volvió caótico y cualquiera se subía sobre cualquiera y unos sobre otros, indefinidamente. La gente llegaba de los pueblos vecinos, enterados de lo que sucedía, y aquellos que ni siquiera sabían de qué se trataba seguían a la masa de gente que iba hacia la pirámide. Poco a poco, el monumento se fue cubriendo de personas, todas ansiosas por saber qué encontrarían en la cima. Algunos trepaban sin conocer la razón que impulsaba a los otros a hacerlo. "Algo debe haber para que todos quieran llegar allí", decían. Y todos seguían pisoteándose, desesperados por llegar a lo alto de la pirámide. Finalmente, cuatro personas lograron llegar, una por cada lado. Se vieron las caras, pero no encontraron nada allí arriba. ¡No había nada! Ni siquiera tuvieron tiempo de interpretar lo que el rey había querido decir. Uno de ellos dijo: "Amigos, si los que están debajo de nosotros se enteran de que aquí arriba no hay nada, entonces se irán y nosotros caeremos y nos mataremos. Sugiero que finjamos estar satisfechos y bajemos muy discretamente, invitando a los otros a seguir subiendo... al menos, hasta llegar a salvo a la base". Así hicieron, y al llegar abajo, vieron la imagen de esa pirámide atestada de gente queriendo llegar a la nada con demasiado ahínco. Prefirieron callar. ¿Quién les creería que arriba no había nada? Pero habían entendido el mensaje del rey y eso les bastaba.

El jardinero reflexionó un momento y no tardó en comprender la moraleja de la historia.

—Eso fue lo que me estaba por ocurrir a mí en el laberinto de los espejos... Sin embargo, yo estaba cerca de llegar a la cima y luego todos lo sabrían.
—Todos te odiarían o envidiarían, a tal punto que muchos de ellos, con gusto se quitarían de debajo de ti para tener, así, la oportunidad de ocupar tu lugar. ¿Acaso no necesitaste hacer eso para llegar arriba?
—Sí —aceptó Grode, bajando la vista de vergüenza.
—Y así sucederá siempre. Una vez que llegas arriba, sólo hay un camino: hacia abajo. Del mismo modo, cuando llegas a lo profundo, solamente puedes subir.

—Entonces yo habría vuelto a pelear por volver arriba cuando estuviera abajo.

—Es muy posible. Pero no te sientas frustrado, son muy pocos los que no sienten la necesidad de actuar así. Sería muy agradable que ninguno lo hiciera.

—¿Sabes? Empiezo a comprender cosas que jamás había necesitado plantearme como inquietud o que siempre subestimé.

—Eso te fortalecerá. Pero ahora debes hacer brillar tu luz. Esa es tu prioridad en este Laberinto.

—¡Ahora mismo! —exclamó el jardinero con determinación.

Axel Grode, nuevamente, había tomado el oxígeno físico y espiritual que necesitaba. Esta vez corrió con todas sus fuerzas hacia el objetivo. Dejó una gran cantidad de puertas en el camino y disfrutó del espectáculo único que le proponía la luz al final del pasillo. Su propia luz.

Capítulo 8
LA MADRE DE TODAS LAS GUERRAS

El buen Axel se sintió rápidamente fortalecido. ¿Cómo había podido salir del Laberinto central? Pero ¿ahora estaba seguro de no volver a hacerlo? Había entendido todo lo que le había dicho el guía en su primer encuentro, incluso, había llegado a estar de acuerdo con él. Sin embargo, algo dentro de sí seguía conservando el control a pesar suyo. Su cerebro había logrado bloquear su entendimiento y lo había arrastrado a salir del Laberinto. Debía tener cuidado, porque no se había percatado del engaño al que lo había sometido la última puerta. En su interior, él sabía que sin ayuda no habría podido salir.

Estas puertas llevan a laberintos que no imaginé que fueran tan duros de resolver. A pesar de todo, he aprendido mucho de ellos y podré usar esta experiencia en el futuro, pensó, mientras avanzaba hacia el final del pasillo donde una tenue luz pugnaba por brillar.

El jardinero decidió seguir las instrucciones. Todas las recomendaciones que había recibido podían resumirse en una sola: seguir hasta el fin, sin desviarse. Se lo habían dicho el ángel y el guía, y se lo repetía su corazón. Recién ahora sentía que avanzar por el pasillo generaba en él una dicha que no podía describir con palabras. Ni siquiera la había buscado.

Estaba en el lugar correcto, en el momento preciso. Recordó, incluso, que en los tramos anteriores había podido estar de mal humor o confundido, pero cuando estaba en el corredor central, disfrutaba hasta de sus malestares. La dicha era estar viviendo el presente, sentir cómo cada aliento atravesaba todos los cambios sin inmutarse. Mientras eso estuviera allí, no había razón para buscar otra cosa.

Nuevamente, el hombre había dejado de lado la posibilidad de entrar por otras puertas. Esta vez había leído los carteles de algunas de ellas y no se había inmutado. Se dio cuenta de que estaba mejorando. Empezaba a comprender el extraordinario desafío al que se enfrentaba y qué tan infantil le había parecido.

No obstante ello, su mente seguía funcionando. La intensidad de la luz aumentaba en igual proporción con la que su cerebro maquinaba. Lo paseó por viejos recuerdos y glorias pasadas, donde todos habían conocido al gran Axel Grode. Lo tentaba con nuevos jardines, de varios pisos, con espejos en sus codos y otras ideas innovadoras. Lo hacía soñar con EL GRAN LABERINTO DE GRODE, una obra inigualable por cualquier otro mortal. La máquina no paraba. Axel seguía avanzando, pero sentía que dentro de él se producía una batalla sin cuartel.

Por primera vez, Grode no tenía intenciones de salir del pasillo, deseaba seguir allí. La luz, bendita luz, parecía estar alentándolo. Sin embargo, no rechazaba las ideas que se presentaban en su mente. Él mismo las estaba creando y, en cierto modo, también las disfrutaba. Ser aclamado por su obra, vanidad; ser superior en algo, soberbia. No sintió que esos fueran pecados, aunque fueran los favoritos del mismísimo diablo y sus armas más poderosas, capaces de destruir al mundo si las disparaba en los puntos exactos al mismo tiempo.

Axel no entendía cómo esa lucha podía ocurrir dentro del pasillo y no en un laberinto detrás de alguna de las puertas. Empezó a pensar que era una nueva trampa. Sin embargo, no dejaba de ver el resplandor al final, y sabía que su desafío era llegar a ella y lograr que tuviera mayor intensidad que al comenzar su jornada. La luz seguía intensificándose y brillaba ahora con gala. Había una razón para que eso sucediera: "Mientras estés en el pasillo, nada malo puede suceder". No sabía si lo que estaba ocurriendo era malo o bueno. Sentía alegría en sus pensamientos de grandeza, pero también, que algo no funcionaba y lo perturbaba.

Sin piedad, la mente siguió bombardeando al jardinero con imágenes y situaciones. Le planteó alternativas de todo tipo a la luz que tenía frente a sí: lujuria, ambición, curiosidad, soberbia, gloria, riquezas... todos los demonios, nada faltaba en el menú.

El hombre no iba ya tan rápido hacia la luz. Creía que todo ello era posible y pensó que nada era incompatible con la dicha que sentía al estar en el pasillo. Había disfrutado de su aliento, uno por vez, como si se tratara de un bálsamo. Ahora disfrutaba de un torbellino de sensaciones, todas al mismo tiempo, como si fuera el mayor de los premios. "El mejor de todos, nunca habrá otro igual". Ese era Axel Grode. El mismo que, hacía instantes, trotaba feliz hacia su cálida luz. Se imaginó a su pueblo de rodillas frente a él. Se vio haciendo del mundo un laberinto, volando sobre él con potestad, dominando todo cuanto allí podía suceder. Dueño de todo y de todos. La batalla ya era una guerra.

La luz, fíjate en la luz, susurraba suave su corazón, seguro de no equivocarse. *Tu pueblo te hará rey y serás amo de todos ellos*, respondía más fuerte su cerebro.

Grode seguía volando, leyendo la mente de los otros, conociendo sus secretos más íntimos. La imaginación lo hacía el hombre más generoso del mundo, también el más poderoso; el más humilde y el más rico. Todo estaba dispuesto para que él eligiera la personalidad que más le gustase. En el pasillo, nadie podía verlo ni juzgarlo. No importaba si divagaba por un rato, no dañaba a nadie. Ya ni creía dañarse a sí mismo. Estaba contento con sus pensamientos. Lo que allí veía era la imagen que él deseaba reflejar. O quizás la que hubiese querido tener para ser aún más grande. Le faltaban el poder absoluto sobre los demás y la omnipresencia. Quería ser envidiado.

Al mismo tiempo que su mente ametrallaba con pensamientos insólitos, los iba ordenando y concatenando en uno solo: grande, muy grande.

Pero debía seguir avanzando hacia la luz. Allí se sentía protegido, seguro. Aunque ya no sabía qué era real y qué no lo era. ¿No sería la luz producto de su imaginación? ¿Acaso no era posible aspirar a la gloria? ¿Cómo podía comprobar que lo que le habían dicho el ángel y el guía no era un engaño diabólico para alejarlo del éxito? Los focos de conflicto eran cada vez más numerosos. Las armas empleadas, también.

Recordó toda la quietud y el bienestar que había sentido hasta ese momento en el pasillo. Eso no había sido irreal, él lo había disfrutado. ¿Y si hubiese sido hipnosis? ¡Podría haberlo sido! ¿Y si en realidad él había vivido hipnotizado y solamente había disfrutado de sí mismo mientras estaba consciente de su objetivo? Reconoció que muchas veces había actuado sin consideración para con los demás, como convencido por alguien.

Se vio niño, feliz en los jardines del castillo. Era hijo y nieto de jardineros palaciegos. Allí había sentido lo mismo que sintió en el Laberinto hasta ahora, no podía negarlo. Su padre, hombre severo, había muerto fulminado por un rayo mientras cazaba en una laguna. ¿Habría sido una advertencia? ¿Tendría algo que ver con aquello? Su mente seguía atacando. Su corazón se mantenía imperturbable.

—Sigue la luz —oía murmurar de tanto en tanto.

Sentía que nada tenía relación con lo que estaba viviendo. Se detuvo e inspiró profundamente, disfrutando de ese acto. Dejó que sólo eso ocupara su mente por un breve lapso, tan largo como puede ser un aliento profundo. Pareció una eternidad en la que todo se detuvo. No había más pensamientos, no había más murmullos, no había más grandeza ni soberbia. No había nada, excepto el placer de la simple inspiración y exhalación del aire. Unos pocos segundos de plenitud. Se había sentido a sí mismo como si se acariciara por dentro. Era una sensación real, no había trucos. La mente

ALBERTO S. SANTOS

- www.editorialelateneo.com.ar
- editorialelateneo
- editorialelateneo

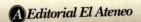

azón silencioso y agradecido. Ninguno de los dos
 tregua en el combate. Respiró profundamente
sintiendo cómo el aire entraba y salía de sus pul-
lo sus vías respiratorias hasta salir cálido por su

sa quietud no duraría mucho tiempo. La tercera
encia, pues creyó que ya todo se había calmado.
 en desencadenar la ofensiva: le insistió con que
er el maestro en la escuela de laberintos, con
seguido hasta el final en el de los espejos, con que
ese conseguido toda la gloria con solo desearlo.
tenía dentro del Laberinto. Comenzó a mirar los
uertas con mayor interés, pero lograba seguir
era muy atractiva y aún la disfrutaba con placer.
do, te está encantando como a una serpiente,
ebro.
ueño", "Laberinto Popular", "Laberinto de los Li-
ra Adultos". Pasaban más y más puertas. Axel
z parecía estar de festejo. Multiplicaba sus co-
 destellos, parecía querer transformarse en un
el pasillo y lo inundaría de su belleza.
a el brazo a torcer y seguía planteándole alter-
les. Necesitaba a Axel fuera de ese lugar. No
ojetivo primordial. Para ganar la guerra debía
e una pequeña batalla: hacerlo entrar por una
e ellas. Probó con varias, pero no había mane-
seguía con su batería de cañones apuntando al
 más promesas de riquezas, más jardines, más
r el pensamiento, gobernar; poder, mucho po-
ás que el mismo diablo; ser el Supremo.
a clave. Como siempre lo había sido, el prime-
u punto flaco.
de se fue desmoronando. La luz estaba allí, él
uir, pero debía buscar la manera de acallar su
de engañarla y hacerle creer que iba a prestarle

atención por un rato para que se calmara. Como se hace con un niño caprichoso, el jardinero se dispuso a dejar que su mente lo invitara a pasear por los aires, a imaginar que disfrutaba de deseos ocultos, que dominaba a los demás, que él era el centro del universo.

Sin embargo, el enemigo no le planteó así las cosas y se aprestó a rematar a su víctima con una estocada infalible. Axel le estaba ofreciendo una tregua, pero se trataba de un pensamiento ingenuo generado por su propio victimario.

No quiero que lo imagines, quiero que lo disfrutes… Detrás de esa puerta, es posible, se oyó pensar.

El jardinero dudó nuevamente. Sentía que no le convenía entrar, que no era ése su objetivo. Vio cómo centelleaba la luz, casi hasta encandilarlo. Tendría tiempo, pero no debía. Su corazón le gritaba que no entrara.

La lucha parecía haber entrado en un vacío que sólo podía contener una decisión: entrar o no hacerlo. Grode se sintió despojado de todo pensamiento por unos segundos, pero también de todo sentimiento. Ya no existían culpa ni temor, obligación ni conveniencia, objetivo ni compromiso. Una sola decisión: la suya. Ni siquiera pensó en recurrir al guía.

Sin sentir la necesidad de evaluar las consecuencias, la duda dejó de ser tal. La curiosidad pudo más. Como un ser sin alma ni razón, abrió la puerta.

Capítulo 9
EL LABERINTO DEL VICIO

**penas traspasó la entrada, dos** hermosas mujeres, insinuantemente vestidas, se acercaron a atenderlo. El hombre quedó asombrado con su belleza y no pudo evitar tener pensamientos lujuriosos. Quizás no demasiado lascivos, pero sí lo suficiente para sentirse él mismo incómodo.

Grode jamás le había sido infiel a su esposa Elena. No lo necesitaba, nunca se le hubiera ocurrido tomar tal riesgo y siempre había canalizado sus energías con pasión hacia sus jardines y laberintos. Elena era una mujer simple y bonita, además de ser una compañera muy confidente de su marido. Grode no estaba acostumbrado al trato tan abierto con mujeres desconocidas. No sabía si debía culparse por sus pensamientos. Estaba allí solo, nadie lo reconocía. Era muy estricto consigo mismo. No había hecho nada que alguien le pudiera reprochar, solamente había pensado. Por las dudas, se planteó un límite hasta donde disfrutar de un buen relax, con buena compañía, pero sin quebrar sus principios.

Axel había hecho todo un recorrido de sus emociones en ese breve lapso, desde el momento en que las hermosas jóvenes llegaron al lugar donde se había quedado como petrificado. ¡Qué bellas eran!

—¡Hola! ¡Bienvenido! ¿Cómo estás?
—B… bien… bien. ¿Y ustedes? —respondió sorprendiéndose de su propia torpeza.
—Bien, gracias. ¿Es la primera vez que nos visitas?
—Si… sí. Perdón, pero creo que no debí entrar aquí.
—¿Cómo que no?, si este es tu paraíso privado. Nadie que te vigile, nadie que te controle, nadie a quien tengas que rendir cuentas. Date un poco de libertad por unas horas.
—A decir verdad, yo…
—Pasa, pasa. No te vamos a comer. Tienes para elegir lo que quieras. Chicas a tu gusto, casino, relax, puedes fumar, beber. Todo de primer nivel.

Dentro de todo, Grode agradeció el tener un menú de posibilidades. No iba a decir que no le gustaran las chicas, pero no quería correr riesgos de ningún tipo. ¿Quiénes eran todas esas personas? ¿Por qué tanta familiaridad? ¿En qué consistiría aquel laberinto? Las jóvenes lo invitaron a atravesar una puerta oscura, en la cual estaba dibujada, aunque muy tenuemente, la figura de un comodín de baraja. Pensó que era una sala de casino. Cuando cruzó al otro lado, comprendió menos. No era un laberinto; se trataba de un salón inmenso, lleno de gente, sin paredes, ni tabiques, ni espejos… Todavía atado a su inocencia, preguntó a las jóvenes acerca del laberinto.

—¿Te refieres al nombre del establecimiento?
—No. ¿Acaso no hay un laberinto aquí?
—Bueno, si estás en el casino y tienes que desplazarte hasta las habitaciones privadas, entonces encontrarás que no es muy fácil —respondió divertida la joven.

Grode no se refería a eso, pero rápidamente descubrió que sus bellas acompañantes tardarían años en entender lo que él estaba buscando. ¿Por qué había escuchado a su cerebro en primer término? Tuvo intención de retirarse, pero, de algún modo, ya estaba sentado en un confortable sillón y, sobre sus rodillas, se había acomodado una muchacha morena, muy esbelta, de increíbles ojos verdes, que le ofrecía algo de beber. El jardinero aceptó tímidamente, era obvio que no era pez de esa pecera. La dulce joven lo notó y con gran arte se dedicó a calmarlo y a introducirlo en el ambiente, mientras él bebía de a cortos sorbos una deliciosa bebida alcohólica. ¡Era hermosa en exceso! Axel, en su contemplación, casi ni podía pensar. Sintió que su temple no soportaría la compañía de esa mujer. Había que ver si ella se estaba ofreciendo o solamente era una anfitriona. Grode no sabía qué pensar ni cómo comportarse sin pasar por novato. Era obvio que la joven ya se había dado cuenta del tipo de hombre con quien trataba y sabía cómo hacer para que se sintiera más cómodo.

Axel Grode entendió que la actitud de la muchacha era parte de su trabajo; de haber estado ocupada, seguramente le habría tocado otra. Lo sabía. Ella no había elegido a su hombre, simplemente estaba primera en la fila cuando él entró. En realidad, aquello no le importó. ¡Era tan atractiva!

Muy tiernamente, le preguntó qué quería hacer. Él le pidió que le completara el menú de opciones. La respuesta fue muy simple: todo lo que quisiera. Grode supuso que la copa de bienvenida era gratis y que debería pagar por lo que siguiera. Se disculpó ante la mujer por su ignorancia al ser esa su primera visita a un lugar de ese tipo, pero quería saber cómo funcionaba.

—Es muy simple, tú buscas algo. Seguramente aquí lo vas a encontrar —explicó la chica—. Cuando decidas cuál es tu búsqueda, podré guiarte.
—¿Te refieres a buscar una actividad en especial?
—Si eso quieres, sólo dime cuál.
—¿Y si no me refiero a eso?
—Posiblemente estés interesado en lograr algún objetivo.
—Es posible. Digamos... si quisiera tener poder.
—¿Cuánto?

—Todo el poder.
—¡Eso es muy ambicioso... y muy divertido!
—¿Por qué lo encuentras divertido?
—Porque para llegar a tener todo el poder, debes tener conocimiento de todas las actividades que podemos ofrecerte. Disfrutar de cada una, comprender su funcionalidad y aprender a usarla en tu propio beneficio.
—¿Qué sucede si obvio alguna?
—Entonces tendrás poder, pero no lo tendrás todo. Cualquier flanco que dejes al descubierto será en desmedro de tu poder.
—¡Tardaría años en lograrlo!
—¡Pero lo disfrutarías enormemente! —agregó la joven entre risas.
—¿Acaso alguien ya ha logrado obtener todo el poder?
—No, aún no. Pero hay varios intentándolo.
—¿Y alguno tiene poder sobre ti?
—Ocasionalmente, así sucede.
—¿Y qué hay que hacer para tener el poder sobre ti? —preguntó Grode, sorprendiéndose a sí mismo. Esa pregunta había salido de su boca sin consultarlo.
—Darme a mí lo que pretendo para lograr mi propio objetivo.
—¿Cuál es ese objetivo y qué es lo que pretendes?
—Mi objetivo es privado; lo que pretendo es dinero.

La respuesta era lógica y Grode no se asombró. Empezaba a entender cómo funcionaban las cosas allí.

—¿Y si fuera yo el que quisiera dinero?
—Todos a quienes ves aquí quieren dinero, poder, lujuria, más poder, más dinero, más de todo.
—Pero ¿tú me lo darías? —preguntó Axel.
—Yo no. A menos que tuvieras otra cosa interesante para negociar y yo quisiera pagar el precio.
—Sólo tengo algo de dinero.
—¿Y qué te gustaría hacer con él? —respondió la muchacha en actitud muy provocativa.

—N... no lo sé. Quisiera tener más dinero para poder elegir entre más opciones.
—Es inteligente. ¿Si te digo cómo multiplicar el dinero y disfrutar de todo lo que tú desees, me pagarías?
—Es razonable —aceptó el hombre, como si estuviera negociando una transacción económica.

A esa altura, Axel Grode ya había perdido algunos de sus frenos. El alcohol lo había entonado y se sentía muy abierto a las nuevas perspectivas. Conservaba el recuerdo de algunos de sus límites, pero inconscientemente había aceptado, aun con cierta vergüenza, que alguno de ellos iba a ser traspuesto ese día.

La joven lo llevó hasta el casino donde podía encontrar todo tipo de juegos, negocios de bolsa, loterías; todas promesas de rápida ganancia. Ella le aconsejó algunos trucos y él vio que daban resultado. En realidad, le había tocado una racha de buena suerte. Comenzaba a entender la razón que impulsó a su mente a convencerlo de entrar a aquel lugar. Poco a poco, se fue encontrando con una fortuna y quiso más. Nada lo detenía. La hermosa muchacha festejaba junto a él y se le insinuaba con mucha clase y discreción.
Grode estaba en medio del fragor de su riqueza repentina y del deseo por aquella mujer. Sabía que lo podía obtener todo y siguió disfrutando de su suerte. La joven lo abrazaba cada vez con más provocación y él, automáticamente, la tomó de la cintura como si fuera su dueño. Ella aprovechó el gesto y lo besó como aceptando ser de su propiedad. El torbellino de sensaciones que cruzaban por la mente del jardinero era indescriptible. Toda su razón se iba opacando. Estaba cumpliendo deseos que ni siquiera tenía al entrar allí. Había aceptado el desenfreno y lo disfrutaba. Estaba volviéndose cada vez más poderoso. Tenía más dinero del que habría podido contar un banquero en su vida y, además, la compañía de la mujer más hermosa que había visto jamás, dispuesta a darle lo que quisiera. Era adulado por todos los que lo rodeaban, quienes festejaban sus hazañas de juego o financieras. Él se paseaba de un lugar a otro y no cesaba de acumular poder. Tenía todas las posibilidades

abiertas, quería más y no se detendría hasta obtenerlo todo. Ya no le bastaba con una sola mujer, había invitado a una segunda a que lo acompañase, tan hermosa como la primera.

En el lugar comenzó a conocer gente poderosa que, como él, quería más de todo. Le ofrecían inversiones, paseos en yate, viajes a los lugares del mundo que él eligiera; de todo a cambio de alguna comisión… Ya había aprendido el camino de ese laberinto. Había resultado ser el más fácil y agradable de todos los que había enfrentado.

Llegó la hora en que todos iban a descansar de tanto exceso. Las dos muchachas que estaban con Axel sabían que ahora iban a tener su parte y un poco más, si aprovechaban la situación. ¡Eran tan bellas!

Grode ni siquiera opuso resistencia. Todo era parte de su repentino poder. No debía rendirle cuentas a nadie, y mucho menos a su esposa, que estaba muy lejos de allí. Estaba tan alcoholizado, había fumado tanto, estaba tan pasado de revoluciones que no pudo siquiera disfrutar de su lujuria. Si tan sólo hubiera tenido la mínima consciencia, seguramente tampoco habría gozado a causa del remordimiento que el engaño a su esposa le habría provocado. Finalmente se quedó dormido.

Capítulo 10
EL DINERO

Cuando **Axel Grode despertó, vio** al ángel sentado junto a su lujosa cama de señor rico; sentía que las sienes querían salírsele de la cabeza en cada pulsación, estaba totalmente confundido. Recordaba a duras penas lo ocurrido. Le volvieron inmediatamente las imágenes de la traición a su amada esposa; luego, el dinero, las mujeres. Poco a poco, fue recordando. Había logrado ser el rey del lugar y nada podría interponerse en su protagonismo. Su soberbia había llegado a un nivel que ni siquiera había imaginado antes...

—¿Duele? —preguntó Miguel.
—Sí, mucho. ¿No tienes un calmante?
—No. Deberías haberlo tomado antes. No es ahora que necesitas calmarte.
—No comiences, no necesito sermones —protestó Grode en medio de los aguijonazos que la terrible jaqueca le propinaba en la cabeza.
—Ni te los daré. Vine a despedirme —murmuró entristecido el joven Miguel.
—¿Te vas?

—No. Tú te estás yendo, por lo que puedo ver.
—Yo no voy a ningún lado.
—Tú ya estás en otro lado. Irse también significa no querer volver.
—¿Volver? ¿Adónde? Me confundes, jovencito, y me duele demasiado la cabeza para razonar con tranquilidad.
—Deberías volver al palacio.
—Aún no he terminado con esto.
—¿Con qué? ¿Con tu lujuria, tus riquezas y tu soberbia o con el desafío?
—¿Desafío?
—Lo ves, ya estás prácticamente fuera. Estás casi derrotado.
—¿Me hablas de derrota? ¿A MÍ? ¿Has visto a lo que he llegado?
—¿Dónde crees que has llegado, Axel?
—Estoy en la cima del mundo. Logré todo lo que cualquier ser humano aspira a lograr... Este es mi lugar. Y tú estás fuera del tuyo.
—Yo no tengo lugar ni lo necesito. No tengo jaulas ni las tendré.
—Esto no es una jaula... y si lo es, entonces es la más hermosa que haya existido.
—Al pájaro le gustará por un tiempo, pero cuando quiera volar no podrá hacerlo. Y cuando intente escapar, habrá olvidado cómo aletear. Ya te dije: no me interesa el lugar donde has caído. No es la cima del mundo, es su pozo más profundo.
—¡Me envidias! —desafió Grode.
—Te compadezco. Pudiste ser el mejor, ahora sólo eres una... cosa. ¿Qué sigue? ¿Qué harás cuando quieras más de lo que tienes? ¿Tráfico de drogas o de armas, tal vez?
—No seas idiota. No necesito eso. Soy demasiado hábil para ello.
—Pero no lo eres para sortear el laberinto que catalogaste como el más tonto que existía.
—Ya no me preocupa, hubiese podido con él, si así lo hubiera deseado. Ahora lo tengo todo, no necesito probar nada. Puedo comprar tu laberinto.
—No puedes.
—Puedo comprarlo todo.
—El Laberinto no está en venta. Sólo tiene el valor que cada uno se da a sí mismo.

—¿Qué estupidez es esa? —preguntó Axel con su más encumbrado aire de superioridad.

—Es así. El Laberinto tiene para ti el mismo valor que te das a ti mismo —contestó el ángel.

—Yo no tengo precio, soy demasiado valioso.

—Es cierto, aunque no creo que estemos usando los mismos parámetros. Ese es el precio del Laberinto.

—¿Y para qué quiero yo un laberinto tan caro? ¡Es tan tonto además! ¡Quédatelo!

—¡Oh! No puedo hacer eso, no me pertenece.

—¡Entonces haz lo que quieras, pero déjame en paz!

—Justamente por eso he venido a despedirme... Supongo que no te interesa tu jardín en el palacio, ni tu esposa, ni tus hijos, así que no les daré mensajes de tu parte.

—Cuando yo lo decida, volveré.

—No podrás.

—¿Quién eres tú para decirme eso?

—Sólo puedes ir pasando por el Laberinto.

—Entonces pasaré por allí, si así lo dispusiera.

—El Laberinto desaparecerá cuando la luz al fin se apague. Y no queda mucha cera en la vela... —previno con tristeza el ángel.

—No necesito esa luz.

—Nadie puede vivir sin ella. Morirás, aun cuando tu corazón siga latiendo. Perderás todo esto cuando te canses de tu jaula de oro y diamantes.

—¡Yo no me cansaré! ¡Esto me pertenece! —gritó Grode.

—Formarás parte de ello y te transformarás en ilusión, en una inmensa nube de nada. Eso es lo que posees: nada.

—¡Sí! ¡Tienes envidia!

—Estás sacando a la luz a la fiera que guardas en ti. No al gran hombre que eres. Te estás comportando como un pelmazo que no ve más allá de la punta de su nariz. Me das pena, Axel.

—¡Tú no soportas que yo haya logrado llegar aquí, que haya encontrado este lugar dentro de tu maldito laberinto!

—En primer lugar, esto no es parte del Laberinto; sino de uno que tú creaste para canalizar tus deseos más obscuros. En segundo lugar, lo que hay afuera no es MI laberinto, sino EL Laberinto. Por él todos han de pasar. Muchos llegan a destino; los más débiles se salen antes.

—¡Allí no hay nada que se compare con esto! —siguió agrediendo Axel, con ojos desencajados.

—Nada puede compararse con la nada. Eso es lo que tú tienes aquí, ya te lo he dicho. ¿No recuerdas acaso el bienestar que sentiste en tu último recorrido antes de entrar aquí? Mírate ahora. Eres una piltrafa humana, los ojos llenos de ira, tus palabras salidas del más profundo de tus odios, ni siquiera puedes disfrutar de tu soberbia. Ella misma te lo impide. Estás perdido, y así jamás te encontrarás.

—¡No me interesa!

—Ya verás que sí...

—¡Vete de una vez! ¡Ya te has despedido! ¡No quiero volver a verte nunca más!

—De acuerdo, me voy. Si te arrepientes, sólo pide por mí en tus plegarias y vendré. Pero no tardes mucho... Aunque creo que me llamarás ni bien salga de aquí...

—¡Eso ni pensarlo!

—¡Oh! Sí. Lo pensarás y me llamarás. Adiós.

Miguel se esfumó delante del jardinero que estaba colérico, aún con su cerebro martillando duramente sus sienes. El dolor era intenso. Axel Grode se vistió con dificultad y se dispuso a salir de su habitación. Al abrir la puerta, casi cae al vacío. Muy debajo de él veía a la gente divirtiéndose. Estaba flotando en el aire, completamente solo, en la habitación de un hotel que parecía estar volando.

—¡MIGUEEEEEEL! —gritó el hombre tomándose la cabeza del dolor.

—¿Sí?

—¡Aparece de una vez!

—Tus vibraciones están muy bajas, podría dañarte. Pero estoy aquí, dime.

—Bueno, te has salido con la tuya y nuevamente puedes gozar el habérme humillado.

—Tú te estás humillando, yo no quiero eso. No confundas humillación con humildad.
—No puedo hablar contigo, si no te veo.
—Entonces ponte delante del espejo de la habitación y, al verte, harás de cuenta que estás hablando con alguien. Yo estaré justo frente a ti.

Grode fue hasta el espejo y se asustó al ver su rostro reflejado.
—Lo hiciste a propósito, ¿verdad? —preguntó Axel.
—No. Pero, ahora que lo pienso, nunca está de más mirarse al espejo cuando se está furioso. Si no te gusta lo que ves, sabes que sólo depende de ti cambiarlo. De paso, puedes peinarte, lavarte la cara... ¡Y aféitate, por favor! Podremos hablar más tranquilos y, si te calmas, podré aparecer.
—Hablo del paseo por las nubes.
—Te recuerdo que yo puedo entrar aquí solamente porque tú estás. Yo no he creado esta ilusión. Tú lo has hecho. Estás donde siempre habías deseado estar. Siempre es tu decisión.
—¡Pero yo quiero estar allí abajo!
—Debes desinflar el globo que te sostiene aquí arriba.
—¿Qué globo?
—Has querido estar en la cima del mundo. Bueno, es así como se ve. El globo es tu soberbia. Allí abajo te espera lo mismo que has vivido ayer. La diferencia es que allí sí sentirás el remordimiento de haber afrentado a tu esposa y de haber dado rienda suelta a tu mente. Volverás a sufrir ese dolor de cabeza cada mañana; repetirás los mismos excesos día tras día y querrás salirte en algún momento. Eso está garantizado. Y cuando quieras salir, habrás olvidado cuál era tu verdadero objetivo. Quizás, ni encuentres un guía. No depende de él ni de mí. Solamente depende de ti. ¿Quieres bajar allí o quedarte aquí?
—No quiero vivir cada día de esa manera. Pero no puedo quedarme solo aquí arriba.
—¡Oh! No estás solo. Hay muchos como tú. Gobernantes, políticos, traficantes de mercaderías prohibidas, asesinos, ladrones, proxenetas, deportistas, agentes de bolsa, abogados, maestros de

escuela, otros jardineros... muchos más. Alguno en mayor o menor grado, pero a todos les cuesta mucho dejar de lado su soberbia y su vanidad. El diablo no es tonto, adora esos pecados.

—Me refiero a que no tengo a nadie más que a ti para compartir todo esto.

—Yo no voy a compartir esto contigo y nadie lo hará. No aceptaré quedarme atrapado en tu ilusión. Además, los que llegan aquí, te lo garantizo, no tienen nada para compartir. Cada uno se cree el dueño de un mundo y se aísla. Nadie de "los de abajo" quiere acompañarlo, simplemente tratan de quitarle lo poco que le va cayendo del bolsillo. Y los cosen cada vez mejor. Los que puedan acercarse a golpear tu puerta, simplemente te harán creer que te aman o desean, tomarán lo que puedan quitarte y se marcharán. haciéndote sentir un héroe. Cerrarás la puerta y ellos te despreciarán y maldecirán.

—Eso ha sido siempre así en mi país.

—¿Y te gusta?

—No me interesa mucho lo que opinen los demás. No tienen nivel.

—Es posible que pequen de mediocres, pero tú pecas de soberbio. Ni tú te les quieres acercar ni ellos a ti. Al menos, ellos pueden compartir el odio que te tienen; pero tú no tienes a nadie con quien compartir tu soberbia. En ambos casos, todos pierden.

—Pero yo puedo traer a mi familia aquí.

—¿Y crees que les gustará esto? ¿Vivir en la cima de la nada más profunda? Te equivocas. El amor florece cuando es verdadero, no cuando es de plástico.

—¿Qué puedo entonces hacer con todo lo que tengo?

—No tienes nada.

—Todo este dinero...

—Ilusión.

—Pero lo tengo en mi mano, ¡es real!

—No tienes idea de lo que es la realidad. Destrúyelo.

—¿Estás loco? Si al menos me hubieras propuesto que lo donara...

—El dinero es el artificio más grande que el hombre ha creado, el rey de las ilusiones, es basura. ¿Tú donas basura?

—Por supuesto que no, pero si lo donase haría el bien a muchos pobres... podrían comer.

—Si no existiera el dinero no habría pobres. Todos compartirían y no acumularían. Vivirían dignamente y tendrían las mismas oportunidades. Los amantes de la ciencia podrían desarrollar sus investigaciones en cualquier punto del planeta. Los aficionados a las máquinas podrían perfeccionarlas para que nos ayuden; los que desearan enseñar lo harían con gusto y se empeñarían en servir a los demás con amor. Así también, quien cultivara papas las ofrecerían a quienes quisieran comerlas ese día. Nadie robaría, si nada tuviese valor monetario. Producirían los adelantos que quisieran con placer y sin esperar ni necesitar recompensa a cambio. ¿Acaso tú mismo no haces laberintos para que los demás los disfruten?

—Sí, es cierto.

—¿Qué es lo que más gozo te produce? ¿La paga por hacerlos o el hecho de que los niños se diviertan y los grandes agradezcan la belleza de tu trabajo?

—Sinceramente, que los demás los disfruten.

—Haces tu trabajo con vocación, es lo que quieres hacer. Lo harías gratis... si no necesitases comprar nada, ¿verdad?

—Ahora que lo pienso, lo haría con gusto, pero si hacemos lo que tú dices, muchos se aprovecharían para haraganear todos los días y dejar que los otros trabajaran.

—El trabajo es algo que exige una paga a cambio. Hablo de que no exista paga alguna. No es trabajo, es pura satisfacción de hacer una obra por uno mismo y que todos puedan disfrutarla. Ya se encargarán los que fabriquen máquinas de lograr que éstas hagan el "trabajo" pesado. Y los holgazanes terminarán aburriéndose de sí mismos y buscarán algo para hacer que valga la pena. Nadie tiene tan poco amor propio. Todos quieren ser útiles, aunque sea para recolectar huevos en un gallinero. Servir es un privilegio.

—Lo que dices es imposible, es un sueño.

—Pero a ti te gustaría que no lo fuera, ¿verdad?

—Sería hermoso, sí.

—¿Y por qué crees que es imposible?

—Nadie creería que es factible.

—Pero la gran mayoría estaría de acuerdo en llevarlo a cabo, si de ellos dependiera, como lo estás tú.
—Supongo que sí.
—Entonces sólo tienen que ponerse de acuerdo.
—Pero yo no soportaría que mis enemigos se aprovecharan de mi "trabajo".
—Posiblemente antes de lo que crees, dejarían de ser tus enemigos. En el amor no hay intercambio; sólo hay dádiva. Y esa es la mejor de las recompensas. Ya te lo he dicho antes, ¿recuerdas?
—Si, lo recuerdo. Pero siempre hay gente que a uno no le cae bien.
—Eso no los hace malos, simplemente incompatibles. No tendrían razones para molestarte, sencillamente se evitarían mutuamente.
—Lo que dices es muy bonito, pero lo veo tan irreal como tú ves lo que yo vivo.
—Tienes derecho a dudar, pero no tienes derecho a negar que eso te gustaría. Nunca lo olvides: SOLAMENTE ES CUESTIÓN DE PONERSE DE ACUERDO. Y ya hay muchos que lo están, aunque aún están dispersos o no saben la enorme cantidad de personas que están dispuestas a cooperar.

Grode se mantuvo en silencio, no muy convencido de las posibilidades de que aquello pudiera concretarse.

—Axel... ¿de qué sirve un eslabón si no forma parte de una cadena?

Capítulo 11
EL LABERINTO DEL DIABLO

Axel Grode se detuvo a meditar sobre lo que acababa de decirle su amigo Miguel. No se había dado cuenta, hasta ese momento, de que el ángel ya era visible a su lado. Buscaba todos los argumentos posibles para contradecir lo que acababa de escuchar. Luego de armarse de ellos, encontró el que más le interesaba:

—Pero los grandes poderes de la Tierra lo impedirán.

—Todo, absolutamente todo lo que los grandes poderes, como tú los llamas, representan es ficticio. El dinero, su poder, TODO. Todos ellos están en el mismo lugar que tú estás ahora. Solos, poca gente, pocas familias. Se lamentan vanamente del sufrimiento del mundo, pero nunca resignan su soberbia... ni una pizca de sus dominios.

—Pero son muy poderosos, ellos gobiernan al mundo.

—Y así anda. Nada es firme, si su base no lo es. La fuerza de todos ellos reposa sobre la creencia que los demás tienen en su poder, como la del enfermo en el poder del médico.

—Explícate mejor... yo no creo en la mayoría de ellos y mucho menos en los matasanos —dijo con humor el jardinero.

—No hablo de la confianza que puedas tenerles a ellos como personas, sino de la convicción acerca del poder que dicen ostentar.

—Pero en una democracia, por ejemplo, es el pueblo quien elige a quienes ostentarán ese poder.

—¿Lo ves? Estás confundiendo nuevamente a las personas con el poder. Ese es el error. La función es la que les da poder, no ellos mismos, porque han armado todo para que la gente acepte el hecho de que administración signifique poder. No debes olvidar que, en una democracia, todos los cargos están subordinados al cargo más importante: el de ciudadano. El presidente de una república viene a ser... el gerente operativo; las cámaras, el gerente de planeamiento; la justicia, el auditor... y así los demás cargos. Pero el dueño de la empresa es el ciudadano.

—¿Y en un reino?

—Hay un rey porque el pueblo así lo acepta. Siempre que se han cansado de un rey, lo han sacado.

—Pero tiene autoridad divina...

—No mezcles a Dios en tus sistemas, por favor. Te aseguro que no tiene nada que ver con ellos. Él no ha hecho a los hombres esclavos o reyes, simplemente los ha hecho hombres y mujeres. Lo demás lo han armado mentes diabólicas.

—Parece un laberinto sin salida... —refunfuñó Grode.

—Tú, mejor que nadie, sabes que todos los laberintos tienen salida. Que no sea fácil descubrirlas es parte del juego.

—Sí, es cierto. Pero no se me ocurre cómo podríamos salir. Si uno se escapa de allí, es tratado como pordiosero, leproso, loco o como una plaga.

—¿No te has puesto a pensar que eso es justamente lo que mantiene viva la organización? Eso crea el fundamento de ese sistema satánico: "si te vas, estás condenado, debes quedarte y hacer lo que te digamos". Y si eso mantiene vivo al sistema, entonces es parte de él.

—Pero los pobres y menesterosos existen, las injusticias y las crueldades también. Eso no lo puedes negar.

—Son creaciones de todos los sistemas de organización humanos. Forman parte de él. Es como el castigo al niño que se porta mal. Discriminación, racismo, guerras de religiones, conflictos fronterizos, corrupción… Todo bajo control. Nada fuera de su lugar. Si eso existe, entonces es porque el "sistema" funciona correctamente y porque lo hará mientras mantenga un equilibrio razonable. Tampoco deben despertar a los pueblos o perderían todo por lo que han luchado…
—¿…?
—SU PODER —sentenció Miguel.

Grode pareció comenzar a entender el punto de vista del ángel. Sin embargo, el poder era algo más sutil para él, no tan apegado a los gobernantes sino a los poderes económicos que los rodean. Miguel se adelantó a la pregunta, como si hubiese leído su pensamiento.

—Sólo reemplaza la palabra "poder" por "dinero". Lo demás no cambia. Todo se reduce a lo mismo. Sin dinero no hay poder, sin poder no hay dinero. De ese modo, si tienes el uno, tienes el otro, y formas parte del sistema en sus estratos más altos; si no los tienes, entonces formas parte de los estratos bajos. En cualquier forma, no puedes salir del sistema tú solo. Esa es la trampa del laberinto.
—Pero ha habido muchos tipos de sistema y no han funcionado.
—Los han cambiado y los seguirán cambiando hasta que…
—¿Hasta qué…? —quiso saber Axel.
—Hasta que se den cuenta de lo que están haciendo.
—¿Pero no dices tú que no quieren cambiarlo, aun cuando comprenden que es pernicioso?
—Están quitándole a quienes menos tienen lo poco que les queda. Los amenazan con su poder. Y los pobres ceden, creen que no tienen escapatoria. Cuando esa fuente se acabe, comenzarán a matarse entre sí para ver quién sobrevive con todo el poder. De hecho, ya lo están haciendo.
—¿Y entonces?
—No llegará ese entonces…
—¿Qué quieres decir?

—El poder se devorará a sí mismo. Si no es detenido, generará grandes guerras. Poder contra poder, pobres contra pobres, ricos contra ricos. El fin.

—Me asustas... ¿No dijiste que hay una salida?

—La hay, pero comienza en la voluntad de cada uno de los seres humanos. En el deseo de reconocer y cultivar, cada uno, ese hermoso jardín de amor que lleva en su ser, en su corazón. Deben comprender que el amor se gobierna a sí mismo, que no existiría el odio por el otro si simplemente lo aceptáramos como es. Que el amor no necesita dinero, no necesita más poder. Nadie llegará nunca a obtener poder real, si lo busca en la ilusión del dinero. El amor es todopoderoso, y cuando digo todopoderoso es porque nadie puede manejar ese poder, sino el amor mismo.

—Pero han llegado a acumular demasiado poder como para enfrentarlos.

—Nunca lograrán obtener el suficiente poder que logre secar una sola gota de amor.

—Pero siguen haciendo lo que ellos quieren...

—Hay que reconocerle al diablo la fuerza de la ilusión que ha creado, sólo dos ingredientes: dinero y soberbia. De lo demás se encargó la mente del hombre, mientras él reposaba —asintió el ángel—. No obstante, es de esperar que vean que lo que han creado es como la salamandra, que corre hacia el fuego para destruirse a sí misma, como todas las ilusiones.

—Sigue pareciéndome una utopía, amigo Miguel.

—Eso no te hace malo. Todos creen que lo es... como ciencia ficción. Pero debes hablar de ello con tus conocidos; te sorprenderá la cantidad de personas que tienen una opinión formada al respecto y que están de acuerdo contigo. Posiblemente, esposos y esposas, padres e hijos, hermanos y hermanas, novios y novias no hablan de ello; creen que están soñando algo que podría avergonzarlos frente a los demás.

—No me gustaría sentirme ridículo —planteó Axel Grode.

—El temor al ridículo es otra cara de la soberbia. La utopía también es parte del "sistema", mientras sea considerada como tal. Hay muchísima gente que ha sabido superar su soberbia y ha declarado su deseo de ver al mundo como la "utopía" que te describo. Músicos, escritores, todos aquellos que hacen su trabajo por vocación de servicio hacia el prójimo. Ellos saben que es posible. Sólo falta que se reúnan esas voluntades.

—¡Ah! ¡Si yo fuera gobernante!... —exclamó Axel Grode.

—Esto no es tema de gobernantes, amigo mío. Es labor de cada uno de los seres humanos, incluyendo a los que gobiernan.

—Pero podría intentar llevar a cabo las reformas necesarias...

—Axel, no te embarques en esa ilusión. Ni bien llegues, serás parte de ella. El cambio debe iniciarse en cada uno. Tú ocúpate de hacer florecer tu amor y verás el más hermoso jardín que hayas soñado. Luego, cuando todos hayan apostado al amor, la organización será muy simple.

Axel asintió. Había comprendido el principio. Debía aún pulir sus pensamientos para entender cómo sería, pero se propuso investigar la posibilidad ni bien llegara a su hogar nuevamente...

—Miguel...

—¿Sí?

—¿Aún estoy a tiempo de volver? No quiero quedarme aquí, solo —suplicó Grode, todavía en su habitación en el cielo.

—Aún lo estás, pero deberás hacer un gran esfuerzo si quieres recuperar el terreno perdido. ¿Estás dispuesto?

—¡Por supuesto que sí! Confío en conservar algo de dignidad. Respecto de lo de anoche... mi esposa...

—Allí sólo tú puedes ayudarte. No puedo entrometerme ni aconsejarte. Tú sabrás qué deberás hacer. Ahora, déjame guiarte hasta el verdadero Laberinto, nadie se enterará de que te he ayudado a salir de ésta.

—El guía sí.

—El guía no te juzgará por lo que tú haces fuera del Laberinto. Él desearía que nunca salieras de él. Pero siempre anda buscando ovejas descarriadas y, de tanto en tanto, nos pide ayuda.

—Miguel...

—¿Sí?

—Gracias, amigo.

Capítulo 12
IMÁGENES EN MOVIMIENTO

Esta vez el hombre había tomado muy en serio las advertencias y sugerencias de su amigo. La luz necesitaba ser alimentada y solamente él podía hacerlo. Se dirigió hacia ella, descubriendo que las palabras del hombre del Laberinto no habían quedado grabadas en su mente, pero estaban perfectamente almacenadas en la memoria de su alma. Se percató de que no eran las palabras ni los conceptos los que valían o permanecían. El conocimiento de lo verdaderamente real se guardaba celosamente en el corazón de los hombres. Ni siquiera podía definirlo como un sentimiento, sino como una verdad sin discusión. Tomó consciencia acerca de ello, como quien arma un silogismo: todo lo que es real es verdadero, todo lo que es verdadero se guarda en el corazón, por lo tanto, todo lo real se aloja en el corazón. La ecuación era simple y hasta lógica, mal que le pesara a su inquieto cerebro.

Axel Grode entendió que no debía confiarse. Ya había caído varias veces a pesar de tanta certeza y de tanta prevención por parte de sus amigos. El final del Laberinto parecía aún lejano. Quiso saber cuántas puertas quedaban, pero seguía sin poder contarlas, debido a lo estrecho del corredor. Miraba hacia el piso y, de tanto en tanto, levantaba los ojos exclusivamente para disfrutar del brillo de la luz.

El sistema era bueno; le evitaba torcer su mirada hacia los costados y dejarse tentar por los carteles de las puertas. Obviamente, tenía claro el panorama de su situación: él se sabía capaz de flaquear en cualquier momento y no se daría esa oportunidad. Descubrió algo en lo que no polemizaría con su golpeado cerebro: una persona soberbia no tiene consciencia de sus flaquezas o no las admite. Él estaba haciéndolo y no habría tenido inconveniente en hacerlo públicamente.

El avance hacia el final del recorrido parecía traer aparejado un entendimiento en cuestiones fundamentales a las que nunca el jardinero había dado trascendencia. De algún modo, estaba aprendiendo conceptos en los que no necesitaba reflexionar, sino aceptarlos tal cual eran. Sabía que ese conocimiento no se borraría como ya lo habían hecho los próceres del laberinto o el cálculo del grado angular de los laberintos romboidales superpuestos que le habían enseñado en la "escuela". Lo que le había dicho el guía era cierto; esa información no había quedado registrada. Posiblemente, el cerebro desecha todo aquello sobre lo cual no puede generar una polémica. Se le ocurrió que muchos niños de su reino, y ¿por qué no?, del mundo entero, pasaban por esa estúpida experiencia. ¿Qué llevaría al hombre a crear toda esa estructura de la que los niños conservan muy poca información relevante? Pensó en muchas posibilidades, algunas bastante crueles, pero no por ello faltas de sentido: amoldar al ser virgen al sistema; posiblemente, enseñarle a relacionarse, a interpretar las ideas de los otros, a discutir sanamente. O quizás atiborrarlo de datos para confundirlo en algo sobre lo cual no tiene dudas al nacer: que su corazón debe ser su guía. Aprovechar la esponja que habita su cerebro es también la manera más sutil de subvertir todos sus valores a lo largo de toda su existencia.

Sin entender bien lo que le estaba sucediendo, descubrió que todos estos pensamientos surgían naturalmente. Confusiones que había cargado consigo durante toda su vida se le aclaraban sin esfuerzo. Esto se acentuaba a medida que avanzaba hacia el final del Laberinto. No eran especulaciones de su mente, eran evaluaciones racionales. Su cerebro actuaba como se supone actúan los brazos o las manos: simplemente haciendo lo que debía, cuando se lo requería. Un instrumento más.

Todo era sencillo hasta allí. Mirando al suelo no debería ser sorprendido. Sin embargo, algo le llamó poderosamente la atención: en un momento de su caminata, pisó una puerta en el piso. ¿Quién pondría una puerta allí? ¿Se trataría de un sótano? También tenía un cartel: "Descanso — Por favor, no perturbe a los demás". Grode podía pasar por los costados de la puerta y seguir su camino. Incluso podía pisarla, ya que se hallaba bien cerrada y se abría hacia afuera.

¿Descanso?, pensó el jardinero. Recordó que en sus laberintos solía poner bancos de madera para que cualquiera, él incluido, pudiera sentarse a reposar y disfrutar del algún sector especialmente bonito de su obra. No se sentía fatigado en ese momento, pero le intrigó la manera de poner un descanso en un laberinto. No pensó que se tratara de alguna trampa. Miró hacia delante en el corredor y no vio otras puertas como esa. Supuso que formaba parte del Laberinto central, así que decidió levantar la puerta, pensando que allí tendría algo para aprender.

El "sótano", si podía llamárselo de ese modo, era una simple sala de relax, con un par de sillones muy mullidos, una cama muy cómoda, un refrigerador con bebidas gaseosas y cerveza, una pequeña despensa con unos pocos alimentos, un televisor, una radio, una biblioteca con novelas y cuentos clásicos. Una habitación, como podía ser la suya en el castillo o la de cualquier persona en muchos lugares del mundo. No había peligro a la vista.

Una vez abajo, abrió la puerta del refrigerador y se sirvió una gaseosa. Se dirigió luego a la alacena y tomó unas papas fritas saladas. Se desplomó sobre uno de los cómodos sillones y tomó el control remoto que yacía sobre una mesa baja frente a él. Pulsó el encendido y la pantalla del televisor se iluminó de colores, imágenes y sonido. No sabía qué deseaba ver en la televisión y fue cambiando los canales, como si tuviera que actuar por descarte. Filmes de guerra, no; dibujos animados, tampoco; novelas de amor, menos... Recordaba las emisoras que trasnmitían programas acordes a su gusto: deportes, comedias, documentales, alguna película que hubiese tenido buena crítica, etc. Una vez recorrido todo el menú de emisoras, ya había seleccionado cinco o seis entre las que debería elegir, aunque le quedaban por verificar aquellas que había pasado en el momento de una tanda publicitaria. De modo que volvió a manipular el selector de canales de su control remoto para dar un segundo recorrido completo, deteniéndose un poco en aquellos canales que ya había preseleccionado para ir tamizando su elección. Le podría llegar a interesar el fútbol, pero desechó el básquetbol así como una comedia que ya había visto varias veces y el documental acerca de la vida animal en el desierto del Kalahari, que era muy interesante, pero que su estado de ánimo no aceptaba en ese momento. No había encontrado, en su segundo paso por el dial, un film de ciencia ficción que le había llamado la atención antes. Obviamente, había sido interrumpido por publicidad.

Volvió a recorrer los casi ochenta canales que estaba emitiendo la televisión por cable en ese momento. Retomó algunas posibilidades, como la del documental, que lo había impresionado por la imagen bien lograda de un rayo con el fondo de un oscuro cielo. Había llegado al canal 30, y debió haberse salteado el fútbol o estarían justo en el entretiempo. Las emisiones en idiomas desconocidos quedaban descartados. Algunas imágenes nuevas aparecían: filmes, más dibujos animados, ejercicios físicos, noticieros. Se detuvo en uno de ellos para saber qué sucedía en su reino mientras él estaba en el Laberinto. Sin embargo, todas eran noticias internacionales: guerras, rebeliones, disturbios, violencia, combates de fanáticos de fútbol entre sí; todo mezclado con la imagen del casamiento de una rica heredera europea, los resultados deportivos y el anuncio de buen clima para el día siguiente en Japón; lluvias en el norte de Francia, nevadas en algún otro sitio, además de los devastadores efectos de un huracán azotando el Caribe. Luego, la tanda publicitaria.

Grode aprovechó la interrupción para saborear su gaseosa y sus papas fritas, mientras sonrientes señoritas apenas vestidas se las ingeniaban para relacionar la belleza de sus siliconadas figuras con el bajo consumo eléctrico de una nueva plancha. El volumen había subido por sí solo y Grode buscaba en el control cómo bajarlo, sin apartar de su mente la figura de las agraciadas señoritas. La siguiente propuesta era tan ridícula como la primera, nuevamente con la llamativa presencia de bellas mujeres casi desnudas, dando a conocer unos nuevos cursos de idiomas en fascículos coleccionables, donde el televidente era absolutamente libre de inferir que las jóvenes vendrían junto con la encuadernación de la colección. Más proyectiles publicitarios caían sobre el hombre inerme, sin ton ni son, incitando al consumo de productos que el absorto Grode acumulaba en algún lugar de su cerebro para ser despertadas exactamente en el momento en que se enfrentase a los escaparates de los comercios.

Libre de toda otra presencia, Axel reía o criticaba a gusto. *¡Qué mentira tan absurda!*, gritaba mientras un padre le decía a su pequeña hija que Pinocho había cobrado vida por tomar una vitamina especial de tal o cual renombrado laboratorio. *Eso debo probarlo*, dijo creyendo que un yogur frutado le permitiría saltar dos metros de alto, como el atleta de la publicidad. La misma fantasía para creer o rechazar. Algunas lograban pasar, otras no, pero todas tenían el mismo objetivo: manipular. Al volver el noticiero, Grode cambió de canal, inexplicablemente. Pasó por escenas casi de sexo entre adolescentes, en un horario en que todos los adolescentes estarían viendo la televisión. Ergo... Nuevas tandas: bebidas alcohólicas para jóvenes, imágenes y múscia a volumen alto que alentaban al desenfreno. Axel Grode ya se había acostumbrado a ello; ya no criticaba como antes, estaba resignado a las maniobras del sistema. De modo que cambió nuevamente de emisora.

Frente a un panel de "especialistas" que, obviamente, nadie conocía, un filósofo fomentaba el uso de las drogas entre los jóvenes, definiéndose a sí mismo como consumidor, apoyado en la necesidad de respetar la libertad del individuo, tal como se la presentaba la sociedad moderna a través de su majestad infalible: la televisión; todo ese espectáculo, enmarcado por los gestos intelectuales de los ignotos panelistas. Cambió de canal, hastiado de tanta hipocresía y de tanta apología del suicidio.

Allí aparecía un concurso de preguntas y respuestas entre alumnos avanzados de escuela secundaria. Preguntas básicas, como capitales de países bastante conocidos del planeta. Efectividad del diez por ciento en las respuestas... ¡Y lo festejaban tanto alumnos como jurados! Otra tanda. Nuevamente el jardinero pulsó el selector varias veces sin detenerse, como alejándose lo más posible de tal decadencia.

Encontró un programa de concursos similares, de otro país más avanzado. Comprobó con dolor que no todos los seres humanos tienen las mismas posibilidades en el sistema; hubo que hacer varias preguntas de desempate, porque ninguno erraba en sus respuestas. Valía la pena ver el esmero y la preparación de esos jóvenes. Llegó el corte, y el auspiciante de ese programa era una editorial, mientras que en el programa del otro país, los auspiciantes eran una gaseosa y una agencia de turismo.

Desniveles, bombardeo de información. Las bolsas del mundo desplomándose por el efecto de la corrupción y el descontrol de las finanzas de un solo país. Juego, mucho juego. Mucha mentira o ilusión, tanta que era difícil discernir qué era cierto y qué falso. Entonces adoptaba los extremos: todo verdad o todo mentira. De cualquier manera, no había tiempo para analizarlo, a menos que uno tuviera la intención de perderse alguna escena interesante en otro canal o un gol en un partido de fútbol, veintitrés canales antes.

El hombre siguió pulsando el selector casi sin interrupción. Ya prácticamente ni veía lo que pasaba por la pantalla. Todo dentro del aparato era una secuencia de imágenes sin relación entre sí, que trataban de captar la atención de un cerebro demasiado activado. Era sólo cuestión de pulsar el botón y esperar a que el torpedo en forma de ondas de radio hiciera explotar un canal para que apareciera otro. Pero la mente seguía muy despierta. Ella necesitaba ese hostigamiento. No debía detenerse en ningún lugar en especial o corría el riesgo de tener que prestar atención solamente a una cosa, de ser aquietada aun cuando no fuera por voluntad del corazón. En esa batalla sería muy difícil vencerla. No había nadie que la enfrentase y ella se encargaría de subyugar al cerebro para que éste efectuara cada movimiento que ella deseara.

El laberinto de Grode

Grode, boquiabierto, con los ojos secos de no parpadear, inmune a toda circunstancia que lo alejara de su hipnosis profunda, actuaba como un autista. Tanteó la puerta del refrigerador para tomar de allí una gaseosa (justamente había visto el aviso de esa marca en televisión), sin dejar de mirar hacia el aparato que parecía estar jugando con él, como un niño lo hace con sus autitos de plástico. La diferencia era que el control de la situación lo tenía el monstruo electrónico. Ni siquiera podía detenerse a voluntad en un programa, simplemente saltaba de un canal a otro, como si buscara una revelación divina, convencido de verla aparecer en cualquier momento. No lograba decidir qué quería ver, tan variado era el menú de opciones... Entonces, se conformó con saber que el partido de fútbol había terminado noventa a ochenta y siete, entre el llanto de una madre que no encontraba a su hija en el estadio, ubicado en un desierto lleno de serpientes y escorpiones, que se mataban entre sí con misiles de largo alcance, porque el pronóstico anunciaba nevadas y una baja en la bolsa de valores. Eso era todo lo que necesitaba para quedarse profundamente dormido, con el selector del televisor clavado en el único canal que no seguía transmitiendo. El ataque había sido un éxito.

Cinco, seis, diez horas podrían haber pasado entre su llegada y su profundo sueño. No importaba. Las había desperdiciado en la ruleta que le propuso el selector del control remoto, donde la bola no se detuvo en ningún número, sino que siguió girando hasta que el *croupier* quedó inconscientemente exhausto.

Unas horas después, Grode se despertó. Estaba más cansado que cuando había llegado a reposar, los ojos desencajados y recorridos por delgados ríos rojos que desembocaban en un inexpresivo y opaco iris. Salió mecánicamente de esa habitación, quizás sin comprender que había enfrentado un laberinto muy sutil, el cual había logrado robarle valiosas horas de consciencia. Si tan sólo hubiese elegido un buen libro o escuchado buena música, posiblemente no hubiese visto tan tenue la luz al fondo del pasillo. Debía volver a empezar.

Capítulo 13
LA BARCA

El jardinero se encontró repentinamente sin fuerzas, sin voluntad. No entendía muy bien qué le había sucedido. Estaba aún hipnotizado por las imágenes en serie a las que había sido sometido, paradójicamente, por propia voluntad. Sin comprender la razón, quería más de aquello. Afortunadamente, la puerta ya había desaparecido detrás de él. Eso no impedía que estuviera totalmente confundido. Ni siquiera recordaba las imágenes que había visto en la televisión; no había podido centrar su atención en nada. Su mente lo había vapuleado hasta dejarlo tendido, sin deseos de levantarse.

El efecto aún permanecía. Axel Grode siguió avanzando, como lo hace un ebrio, hacia el final del corredor. Pero esta vez no lo hacía por ver brillar su luz. Estaba tan perturbado que creía que el piso que desaparecía detrás de él iba a terminar por alcanzarlo y absorberlo en la nada. Era como si hubiera perdido la noción del lugar y de las experiencias anteriores. *¿Qué hacía allí?*, se preguntaba. No había respuesta. Pensó que estaba soñando. Una luz, al final de un pasillo largo, parecía avanzar hacia él como un tren en un túnel.

El resplandor lo asustaba y creyó, por un momento, que ese era el fin. Por un lado, un profundo... vacío que lo perseguía. Por el otro, una luz cada vez más brillante dispuesta a arrollarlo. Tuvo miedo. No comprendía nada de lo que estaba sucediendo.

Vio que se acercaba a una puerta, sobre su derecha. Pensó rápido, y una catarata de dudas se derramó sobre él: si salía por esa puerta, nada le garantizaba que no desaparecería en el vacío; pero si no lo hacía, fuera lo que fuera esa luz cada vez más brillante, lo despedazaría o quemaría, o... Saltó hacia la puerta y entró rápidamente en un pequeño salón. Había un cuadro sobre la pared, junto a una puerta entornada. Era la pintura de una barca que se dirigía hacia una gran tormenta con un hombre en ella que pescaba de espaldas al desastre. Al pie del marco había una pequeña placa de bronce con el nombre de la obra y de su autor: *Laberinto del futuro*, de Axel Grode.

El jardinero se sobresaltó; él nunca había pintado un cuadro en su vida, aunque no era del todo malo para dibujar, ya que lo hacía para bosquejar sus laberintos. Le llamó poderosamente la atención, aunque finalmente decidió interpretar que alguien con su mismo nombre lo había pintado. Una coincidencia. Lo miró con atención, pero no llegaba a interpretar la relación entre el motivo y el título. Le resultó gracioso ver a un hombre tan tranquilo, pescando, sin percatarse de que una terrible tormenta lo amenazaba. Luego de unos instantes, se dirigió tímidamente hacia la puerta a medio abrir, como quien entra en un lugar que no le es propio en busca de alguien que lo atienda.

Se detuvo allí unos instantes. ¿Qué clase de pesadilla estaba viviendo? No había perdido el sentido de su identidad, pero sí de la razón por la cual se encontraba allí. En el salón contiguo, había un par de aberturas entre las cuales le llamó la atención ver un lienzo blanco enmarcado. Poco a poco, comenzó a recuperar los recuerdos. Era un laberinto. Él estaba allí para sortearlo, aunque no era ése. La imagen de los jardines del palacio se le apareció. Luego le sucedieron Miguel, el desafío, la escuela de laberintos y la mayoría de los dédalos que había visitado... también recordó al guía y sus explicaciones.

—¡Maldición! —exclamó Axel—. ¡La luz! ¡Me escapé de ella! ¡Qué idiota he sido! Ahora recuerdo todo... ¡¿Cómo he podido ser tan estúpido?!

Intentó desesperadamente volver sobre sus pasos, pero la puerta de entrada ya no estaba. Debía buscar la salida hacia el otro lado... Esta vez parecía enfrentarse a un laberinto "de carne y hueso", como los que él mismo solía diseñar. ¡Cuán lejos estaba la realidad! No dudó y atravesó la entrada de la izquierda.

Al parecer, todo indicaba que se trataba de un laberinto simple, y el jardinero comenzó a caminar por los pasillos estrechos. A la derecha, a la izquierda, nuevamente a la izquierda, luego a la derecha y así sucesivamente. Siguió un buen momento disfrutando de ese laberinto; sobre sus tabiques aparecían cuadros y fotografías enmarcadas. Se detuvo un instante a contemplarlos y, para su sorpresa, vio imágenes de lugares conocidos por él, pero destruidos y desolados. Reconoció la fuente de la plaza central de un pueblo cercano a su casa. Estaba volcada sobre el piso. Luego, vio una ciudad devastada por incendios y por los efectos de algún cataclismo. Reconoció en el fondo de la foto los restos del palacio cuyo jardinero era él. Se sintió acongojado. Si las fotos estaban allí, entonces todo aquello debió haber sucedido mientras él estaba enfrentando el desafío del ángel. Siguió buscando la salida, ahora con desesperación. Su familia podía haber sido herida o muerta en tal catástrofe. Se preguntó qué podía haber causado una guerra, un terremoto o lo que fuera que esas imágenes mostraban. A medida que avanzaba, las escenas registraban más desolación, pero en otros lugares del mundo. Si tenía que elegir una descripción para lo que estaba viendo era "Apocalipsis". No había vida alguna en las fotografías, solo destrucción. Ciudades inundadas, incendiadas; campos arrasados por el fuego y las langostas; mares furiosos y oscuros; tormentas y tornados; volcanes y huracanes; epidemias y hongos atómicos. Muerte, todo era muerte.

Entendió que no podía luchar contra aquello. Ni siquiera valía la pena averiguar las causas y los responsables. Ya estaba hecho. Quizás, todo había empezado por una estupidez, una de esas con las que se pretextan guerras. Alguien habría ido demasiado lejos con ello y, seguramente, habría hecho detonar alguna de sus mortíferas bombas "en pos de una paz duradera". Algún idiota con delirios de autoridad. La naturaleza, finalmente, habría reaccionado en cadena y todo se habría echado a perder. ¿Quién podría adivinar que ella perdería toda su paciencia de golpe? Sin embargo, todos sabían que eso podía suceder, tarde o temprano. ¿Por qué habrían estado tan ansiosos por confirmarlo?

Grode comenzó a sentir tristeza, mucha tristeza. Siguió avanzando por allí y no dejó de mirar, asombrado y acongojado, las imágenes que se sucedían en las paredes. Todos los rincones del mundo estaban allí. Ninguno se había salvado de la furia de la Madre Tierra. Transcurridas un par de horas, encontró lo que parecía ser el final del laberinto... Al atravesar el último umbral, estaba donde había comenzado. Delante de él estaban las mismas dos entradas que había encontrado al principio. *¡Qué estúpido laberinto! ¡Pero si parece circular!*

El jardinero se quedó unos instantes allí. Pensó en lo que había visto y su dolor fue terrible. Pensó en su familia, en sus jardines deshechos, en toda su vida arrojada al infierno por algún lunático que se creyó con el derecho de apretar el botón equivocado. Se sentó en una silla que había en ese lugar y descansó su cara entre sus manos, llorando.

—¡Dios mío! ¡¿Qué hemos hecho?! —comenzó a decir Axel Grode en compañía de sí mismo—. Todos muertos. ¿Eso es lo que queríamos...? Pues podemos darnos por bien pagados. Los que queden reinarán sobre ruinas y cadáveres. El planeta ha decidido finalmente quitarse las garrapatas de encima. ¿Por qué? ¡Dios Santo! ¡Miguel! —gritó desesperadamente—. ¿Estás aún aquí?... por favor —sollozó el jardinero—, no me abandones tú también.

No hubo respuesta. Grode se quedó unos minutos llorando en un rincón. ¿Qué podía justificar lo que había visto? Nada. Sin embargo, de algún modo nadie había protestado. Nadie puede hacer tanto daño sin que los demás se lo permitan. Su dolor era cada vez más grande. Su familia había muerto, seguramente. Nada había quedado en pie y, si algo hubiera sobrevivido, las pestes y las radiaciones darían cuenta de ello. Pero él ¡estaba vivo! Quizás aún quedaran lugares donde la destrucción no había llegado, o ese laberinto le había servido de refugio. No lo sabía. Se creyó el último hombre del planeta. Pero, si salía de ese lugar, estaría expuesto a todo aquello que había visto en las imágenes. Estaba vivo... pero confinado a un lugar del cual no podría salir.

Vaciló bastante antes de decidirse a entrar al segundo laberinto. Posiblemente, fuera una salida directa hacia la desolación. Tal vez era la salida al Laberinto central. Podía también tratarse de su propia muerte. Sus razonamientos daban tumbos en su cabeza; no importaba qué decidiera, todo era en vano. Si se quedaba, moriría; si pasaba por la misma puerta otra vez, volvería al inicio. Le quedaba una sola alternativa: pasar por la puerta de la derecha. Resignado, se levantó y se dirigió hacia ella.

Al ver la entrada, descubrió que se enfrentaría a un dédalo similar al anterior. Como en aquel, al principio no había imágenes, así que avanzó siguiendo los mismos movimientos. Recorrió los primeros tramos casi corriendo. Fue comprendiendo que, efectivamente, no había ninguna diferencia con el diseño del laberinto de la izquierda y eso lo asustó; pensó que vería nuevamente esas imágenes que le provocaban una tristeza mortal. Al entrar en una recta, vio que aparecían los primeros cuadros colgados en los tabiques. Apretó los puños y cerró sus ojos con fuerza. Por unos segundos, oró y rogó que no empezara su calvario nuevamente.

La primera imagen le resultó extraña. No se parecía en nada a lo que esperaba ver. Se trataba de la misma fuente del pueblo vecino, en medio de la plaza central, pero esta vez, decorada y llena de luces. La gente bailaba en derredor. Siguió avanzando y mirando lo que le deparaban las fotografías. Su castillo estaba allí, rodeado de mucha gente, disfrutando de fuegos artificiales. Todas las imágenes tenían algo en común: habían sido captadas desde el mismo ángulo y a la misma distancia que las que había visto en el otro lado del laberinto. Las laderas de los volcanes estaban florecidas, las playas estaban soleadas y llenas de gente alegre. En el mar, los veleros disfrutaban de un calmo derrotero. Amistosas y pequeñas nubes dibujaban formas divertidas en el cielo. Los sembradíos rebozaban. Las ciudades estaban limpias, modernas, mucho más pequeñas, con muchos parques y jardines hermosos, y casi no había polución. No había policías en las calles. ¡Tampoco había bancos! Axel no entendía qué eran esas imágenes, pero obviamente eran anteriores a las que mostraban destrucción. ¿Cómo podía haber sucedido aquello en un planeta tan hermoso?

Siguió avanzando e iba descubriendo las mismas tomas que en el otro laberinto; las mismas ciudades, los mismos campos, los mismos mares. Pero esta vez, todo parecía estar sujeto a una completa armonía. El hombre descubrió que su pena parecía esfumarse. Una paz increíble lo invadía. En una de las fotografías se vio a sí mismo cuidando sus jardines con alegría. En el otro laberinto, sólo había visto un terreno totalmente yermo. Axel buscó la salida del mismo modo que lo había hecho antes. Finalmente, llegó y... ¡volvió a encontrarse en el punto de partida! ¡Era demasiado! Había atravesado dos laberintos gemelos y por ninguno de los dos había encontrado la salida al pasillo central.

Se sentó en la misma silla y comenzó a pensar. Había visto lo que había ocurrido con el planeta y luego vio cómo estaba antes de que sucediera aquella catástrofe. Sin embargo, algo lo perturbaba. No recordaba haber visto antes tanta armonía. Reconoció lugares que nunca habían estado tan bellos. Eso no era el pasado, ni siquiera podía ser el presente. Algo extraño sucedía, y Grode fue armando, poco a poco, su rompecabezas. Las imágenes hermosas se referían seguramente al futuro o a un sueño. Las imágenes tristes y desoladoras eran seguramente del pasado... o podían estar sucediendo en ese mismo instante; también podían ser del futuro o de una pesadilla. Nada tenía un sentido temporal racional. Sin embargo, las fotografías habían sido tomadas desde los mismos lugares... en distintos momentos. ¿En distintos momentos?

La imagen del hombre en su barca, pescando plácidamente y yendo directamente hacia una tormenta, en el *hall* de entrada, le vino a la mente. "Laberinto del futuro", decía la plaqueta de bronce al pie del marco. Y el autor era alguien con su mismo nombre. Allí creyó comprender: había visto el futuro que esperaba a la humanidad, pero en dos versiones diferentes. El hombre que llegaba de manera inconsciente a la tormenta o que se daba cuenta a tiempo y volvía a puerto seguro. Del resultado de la decisión dependía cuál de los dos laberintos siguientes sería el verdadero.

Entonces, Grode supo que nada había sucedido fuera de ese lugar… aún. Ambos laberintos lo habían regresado al punto de partida, con lo cual comprendió que todavía el hombre no había tomado la decisión. Ninguno de ellos era aún un hecho. Ambos estaban en el futuro. Se calmó un poco al deducirlo, pero de pronto recordó algo que lo perturbó mucho: en el segundo laberinto, se había visto a sí mismo en una de las fotografías. Eso significaba que el futuro no era tan lejano y que él mismo sería testigo de lo que fuera a suceder… El hombre en la barca era él, eran todos, tomados de a uno. Todos juntos iban a decidir qué hacer con la nave. Debían tomar el timón de una buena vez y decidir cada uno su destino.

Sin embargo, nada le decía a Grode cómo salir de allí. ¿Debería esperar a que la humanidad decidiera qué hacer con la barca para que él pudiera salir? Miró nuevamente las dos puertas frente a él. Ninguna le daba señales de una salida. Miró a sus espaldas, y la puerta por la cual había entrado a ese lugar al principio seguía sin aparecer. Un laberinto sin salida no era un laberinto. Se quedó pensando un buen rato y sus ojos se detuvieron en el lienzo en blanco que colgaba entre ambas puertas. Eso era lo único a lo que aún no había prestado atención. Esa tela no podía ser un simple símbolo. Debía tener algo que ver con la salida. ¡Pero no sabía qué!

Se levantó de su silla y se acercó; acarició la superficie del lienzo con su mano derecha y buscó algún dispositivo o algo que le mostrara la salida. Nada. Lo descolgó, y una carbonilla cayó al suelo; debía haber estado detrás del marco. La recogió del piso, tomó el lienzo y volvió a sentarse. Pensó largo rato. Cada vez que se había enfrentado a una hoja en blanco había dudado… y siempre terminaba diseñando un laberinto. En este caso, no era eso lo que debía dibujar y así lo entendió. Sin embargo, no sabía qué hacer con tanta blancura delante de sí.

La clave... debía encontrar la clave. Miró hacia las puertas, recordó ambos laberintos, el cuadro en la entrada, el paño en blanco, la carbonilla, la silla, las imágenes. Tras mucho reflexionar, le vino a la memoria algo que... No, no era posible; él jamás había pintado el cuadro del *hall* de entrada al laberinto. El autor era una persona que casualmente tenía su mismo nombre, pero...

Se enfocó en la imagen de la pintura —la había mirado atentamente—: la barca sin nombre, la tormenta llegando hacia ella, el mar bastante calmo, nadie en el timón, un hombre con su caña de pescar sentado en la popa. Visualizó las vestimentas del hombre, los trazos del pincel sobre la tela, la cara del pescador... Era él mismo, Axel Grode; esa era la clave.

Rápidamente tomó la carbonilla entre sus dedos y comenzó a desparramar trazos sobre el lienzo. Cualquiera que entrara a ese *hall* se enfrentaría al cuadro de la barca, a la plaqueta con su propio nombre, y reconocería su propia cara en la del pescador. Así, Juan Pérez vería a Juan Pérez pescando, y a Juan Pérez en la plaqueta al pie del cuadro. Ahora cada uno debía decidir qué hacer con la barca.

Con mucho esmero y muy detalladamente, Axel dibujó un bote sin nombre, con un hombre al timón que estaba amarrando en un muelle seguro, lejos de la tormenta. Cuando hubo terminado, colgó el cuadro entre ambas puertas. Se alejó un poco para admirarlo y verificar que nada se le hubiera escapado. ¡El sol! Se acercó y dibujó un sol espléndido. Ahora sí. Él había tomado su decisión. Eligió la puerta de la derecha, y rápidamente recorrió el laberinto en busca de la salida. No tardó en llegar, habida cuenta de que ya lo había recorrido.

Al salir, se encontró en el pasillo central. Su luz era muy tenue.

Capítulo 14

EL LABERINTO MÁS ANTIGUO DE LA HISTORIA

—¿Todo en orden?

Axel Grode se sobresaltó al escuchar estas palabras y, rápidamente, giró para ver detrás de sí.

—Lo siento, no quise asustarte —dijo el guía con una sonrisa tierna.
—Sí, lo sé, pero es que no te esperaba, estaba distraído.
—Últimamente estás bastante distraído, ¿verdad? —agregó riendo el hombre del Laberinto, como para descomprimir el susto del jardinero.
—¿Otra vez vas a hacer leña del árbol caído?
—¡Oh, no! De eso parece que ya te ocupas tú —reía con ganas el guía.
—Muy gracioso... —masculló con disgusto el pobre Axel.
—¿Quieres que te acompañe un trecho mientras charlamos o prefieres seguir solo?
—Es buena idea... Sigamos juntos un rato, pero... ¿no te ocuparé demasiado?

—¿Te refieres a restarle tiempo a los demás en el Laberinto?
—Sí. Aunque creo que es algo que no debe preocuparme, ¿no es así?
—Es así, y veo que empiezas a entenderlo. Están todos siendo atendidos como corresponde.
—¿Acaso hay más guías como tú aquí?
—No. Pero es como si los hubiera. Algunos de los que pasan podrían serlo, pero no lo son.
—Me gustaría entender esa parte mágica que hace que puedas estar en todos lados, en todo momento. Quizás sea sólo curiosidad, no quiero ser impertinente.
—Te explicaré un poco, aunque es posible que no alcance a cubrir tus expectativas... ¿Te parece?
—Me alcanza con que lo intentes.
—Bien... Entonces, aquí vamos... El hecho de que yo esté aquí contigo no significa que no esté con otras personas al mismo tiempo.
—...
—Tú me ves y charlas conmigo. Otra persona me ve y charla conmigo... en otro lugar del Laberinto. Pero no es que mi cuerpo esté en presencia de ambos... simplemente hay un contacto dentro de ti, y de todos los seres humanos, que puede hacer que esto suceda. Todos tenemos la misma esencia dentro de nosotros, somos parte de un todo y, por ello, estamos en constante comunicación, consciente o inconscientemente. En este momento, nuestro contacto es consciente, como puedes apreciar. Esa fuerza que nos une es emisora, receptora, traductora y, por sobre todas las cosas, no puede ser víctima de interferencias.
—¿Quieres decir que eres omnipresente y omnisciente?
—No, tampoco es tan así. Tú eres quien decide cuán presente y en contacto contigo puedo estar. Debemos todos respetar nuestro libre albedrío. De hecho, yo puedo estar en contacto contigo cuando te sales del Laberinto, pero no puedo presentarme ante ti. Esa es tu propia creación mental y allí sé que no soy invitado.
—¿Y si yo te invito?
—Es que no tengo interés en ello. Es algo totalmente personal que tú te ofreces a ti mismo. Tú evalúas si eso es bueno o no lo es

para ti. Sí, estoy en contacto contigo, pero tú no escuchas. Es como si tuvieras tu teléfono celular apagado —completó jocosamente el guía, sorprendido de su propia ocurrencia—. Tienes todo el derecho de hacer lo que tú quieras.

—Pero cada vez que regreso al Laberinto, ¡mi luz está más tenue! Parece un examen...

—No soy yo quien te evalúa, amigo mío... Yo no deseo ni tengo potestad para juzgar a nadie. Eres tú mismo quien se evalúa.

—Entonces, si yo quisiera, podría hacer trampas en mi juicio a mí mismo —agregó pícaramente el jardinero.

—Parece que no entiendes... Te explicaré más en detalle: cuando entraste al Laberinto, había unas condiciones básicas que no podías rechazar.

—¿Por qué no?

—Porque aquí nadie entra sin tener que atenerse a ciertas reglas. Estas son las mismas para todos y el que quiere regatear con ello, no puede entrar. Es algo así como un "tómalo o déjalo".

—Pero una vez dentro del Laberinto, puedo evaluar mi accionar de manera tal que mi luz sea cada vez más fuerte...

—Tampoco. Tu evaluación no corre por cuenta de tu cerebro... sino por la de tu corazón... Y ese individuo que mora dentro de ti es absolutamente incorruptible, puesto que él sabe cuál es la única manera de avanzar en su evolución, no se dejará engañar y conoce todos tus secretos... Por eso, "nada hay oculto que no haya de ser manifestado". Tú mismo te juzgarás... con la misma vara con la que juzgas a los demás. Muy sutil y efectivo, ¿verdad?

—En ese caso, puedo ser muy complaciente en mi juicio para conmigo mismo... —manifestó Grode.

—Ya te dije, tu corazón no negocia y emitirá su dictamen con el mismo rigor y justicia con que emites juicio sobre tu prójimo, puesto que no conoce otro parámetro comparativo.

—Pero yo no veo nada malo en entrar y salir por puertas...

—Tu cerebro no ve nada malo en ello, pero tu corazón no recibe la satisfacción que necesita... Si tienes sed, deberías beber, pero tú decides seguir con el esfuerzo y dejar la saciedad de tu sed en el último lugar. Estás poniendo el carro delante de los caballos.

—Pero hubo puertas que traspasé y de las cuales he aprendido mucho...

—El ser humano siempre aprende, aun cuando cree que está enseñando. Y es bueno que lo reconozcas. Sin embargo, hay cosas que no necesitarías aprender, si te mantuvieras en el camino correcto.

—Pero en el laberinto de la barca tuve que decidir qué mundo querría para poder encontrar la salida: un mundo con guerra, pestes, destrucción o uno lleno de armonía.

—Si todos siguieran el camino correcto, nunca se enfrentarían ante tal disyuntiva. No habría guerras ni pestes ni nada de eso. Supongo que eran dos caminos paralelos, ¿verdad?

—Sí. ¿Cómo lo sabes?... Se supone que nunca saliste de este corredor...

—La historia siempre ofrece alternativas y siempre se establece sobre la misma línea de tiempo. Es lógico pensar que si quieres un futuro, no importa cómo sea este, siempre ocurrirá en el mismo espacio y tiempo en que ocurriría si hubieras elegido otra alternativa.

—Suena lógico... Y yo elegí el de la armonía y encontré la salida.

—¿Y qué te hace pensar que si hubieras elegido el otro camino no hubieses encontrado una salida?

—La destrucción no es una salida.

—Teóricamente, es cierto. Sin embargo, la naturaleza destruye para volver a construir. No se puede decir que esté equivocada. Todo depende de lo que destruyes; si destruyes un arma, está bien. En el caso específico de tu laberinto... ¿no te pusiste a pensar que no importa cuál de los dos caminos eligieras para construir un futuro, el resultado sería el mismo, de una forma o de otra?

—No te entiendo, suena bastante confuso viniendo de ti.

—No me malinterpretes. Quiero decir que, si hubieses decidido que el mundo que querías debería sufrir una catástrofe general, al final del laberinto, habría habido una salida o, mejor dicho, un desenlace. Ningún laberinto carece de salida, así sea dolorosa.

—Pero el resultado habría sido horroroso.

—Pero habría sido un desenlace. Estoy de acuerdo respecto de que todos decidiríamos, individualmente, el camino que tú elegiste. Sin embargo, no puedes negar que, de un modo u otro, la historia tendría un resultado. Bueno o terrible, pero lo tendría —continuó el guía.

—Eso sería inevitable, pero aparentemente todos elegiríamos, individualmente como tú dices, el camino de la armonía. ¿Por qué parece que estamos buscando la salida por el otro lado?

—Es que los seres humanos han sido convencidos de que esa decisión no es individual, sino que la toman los que quieren arrogarse ese derecho.

—Pero ellos gobiernan a los pueblos.

—Déjame ponerlo de este modo. Tú eres jardinero, ¿verdad?

—Si.

—¿Tú crees que tus rosales no quieren dar flores?

—No, no lo creo.

—Cada uno de ellos desea florecer y, por ello, tu jardín se verá más bonito.

—Claro.

—¿Qué pasaría si tus rosales tuvieran discernimiento y tú tuvieras que convencerlos de dejarse podar, porque de ese modo lograrían estar presentes en los lugares más hermosos de la ciudad y les prometieras que cada rosa sería tratada como una reina?

—¡Pero eso no sería cierto!

—Tú y yo lo sabríamos, pero tus rosales no; y a ti te habrían ofrecido una fortuna por tus rosas. Tanto que, finalmente, te habrías dejado convencer de venderlas.

—Entonces debería convencerlos. ¿No es así?

—No obligatoriamente... tú decidirías.

—Entonces decidiría que se quedasen en el jardín.

—Pero imagina que te hubieran ofrecido mucho más, que no pudieras negarte, que por algún motivo estuvieras forzado o tentado a venderlos.

—Entiendo. Los convencería de que es por su propio bien.

—¡Muy bien! ¿Y los rosales que harían?

—Supongo que discutirían entre ellos qué sería lo más conveniente.

—¿Y?

—Y yo les diría que sería para que el mundo conociera la belleza del jardín que habitan.

—¿Y si, aun así, continuaran negándose?

—Yo buscaría la manera de convencerlos... engañándolos, si fuera necesario. Finalmente aceptarían.

—Ahora imagina... ¿Qué respondería cada uno de tus rosales si les hicieras la pregunta secretamente y dejaras que te respondiesen al oído...?

—Todos y cada uno de ellos dirían... ¡no!

—¿Por qué?

—Porque... ¿Sacrificarían la belleza del jardín y porque los pimpollos correrían con la misma suerte más adelante?

—¡Sí! ¡Un premio para el jardinero! Del mismo modo se logra tergiversar la voluntad íntima del individuo y, mágicamente, la suma de muchos positivos da un negativo. Increíble, ¿verdad?

—Sin lugar a dudas... me dejas atónito.

—Todos los matemáticos del mundo no lograrían tal milagro... sin embargo, es posible.

—¿Y cómo sucede tal portento, amigo?

—Es muy fácil. Convences a cada individuo de que todos los demás creen que él es negativo y, por lo tanto, que ellos ven en él un elemento que está fuera del sistema, que no funciona de acuerdo a la armonía general... Entonces se ve inducido a actuar de la manera opuesta a la que le dicta su corazón para obtener la aprobación general; él cree que se transforma en positivo, cuando, en realidad, hace lo contrario.

—¡Pero eso es demoníaco!

—La ignorancia, amigo mío, es muy real en este mundo... y la estupidez, su mejor consejera... Los pocos que deciden el camino correcto saben que quedan al margen de ese sistema... aun cuando todos y cada uno de los que permanecen en él, tomados individualmente, están íntimamente de acuerdo con esos pocos. Quienes atentan contra la educación de los pueblos son, como tú dices, seres demoníacos.

—Pero... ¿acaso no pueden ponerse de acuerdo los individuos?

—La cultura es lo que más une a los pueblos. Es muy fácil deducir que la falta de cultura es lo que más los separa —sentenció el guía.

Grode se quedó pensativo ante tal afirmación. No era que dudara del hombre del Laberinto, pero pensó que simplificaba demasiado la situación. Sin embargo, luego de unos instantes, comprendió que cualesquiera fueran las causas que originaban conflictos entre las personas o los pueblos, tenían su raíz en su grado de cultura.

—Pero hay mucha gente inteligente que adopta actitudes belicosas, horrorosas, si son necesarias —prosiguió el jardinero.
—No son inteligentes ni cultos. Acumuladores de información intrascendente, razonadores de turno, marionetas diplomadas, mediocres. Cualquier cosa, excepto inteligentes.
—No entiendo.
—Amigo Axel —dijo el guía pasando sus brazos sobre los hombros del atribulado y confundido jardinero—, la cultura es más que la acumulación y uso de la información. Los hombres vienen al mundo con un objetivo. Todo lo que sucede en el universo tiene un propósito. No es algo que la mente humana pueda comprender. No hay lenguaje que lo explique, es demasiado elevado. Sólo el corazón conoce la meta y en su propio idioma. Ese dialecto tan particular está al alcance de todos desde el nacimiento, y es el origen de la cultura que trasciende de los pueblos y de sus individuos. Aun inconscientemente, todos nos comunicamos en ese idioma varias veces al día. Sin embargo, si el individuo no hubiese sido forzado a abandonar o a olvidar su uso corriente al entrar en el sistema, puedes estar seguro de que el desarrollo humano hubiese alcanzado un nivel tan alto que hoy todos hablaríamos de las guerras y de los horrores que se viven a diario con la misma curiosidad científica con la que hablamos de los dinosaurios o de los pueblos prehistóricos.
—Bueno... ¡tampoco exageres!
—¿Por qué crees que exagero?
—Es que aquellos pueblos eran casi primates, les tomó mucho tiempo dominar el fuego, la rueda, los tejidos, los metales... Ahora no hay tiempo de disfrutar de un adelanto, cuando ya aparece otro superior.
—Los adelantos tecnológicos y científicos no son una prueba acabada de cultura. Solamente demuestran que el hombre ha obtenido

conocimientos suficientes para solucionar, con mayor eficacia, los problemas y desafíos que se le presentan. No me refiero a esa "cultura". Eso no es más que investigación y lógica, prueba y error. El hombre cuenta con un cerebro muy superior al de los animales. Es lógico que así suceda.

—Entonces, ¿a qué te refieres? —preguntó confundido Axel.

—Cultura y amor son la base de la civilización. La sociedad humana es incivilizada, aun cuando el hombre tiene todos los elementos para hacerla civilizada. Eso es falta de cultura; no sabe cómo utilizar esos elementos. O lo que es peor, cree que lo sabe y se equivoca. ¿Te doy un ejemplo entre miles?

—Sí, por favor.

—Hoy creemos que las "civilizaciones" antiguas procedían al sacrificio humano como una muestra de su cultura, del miedo o respeto a sus dioses... ¿verdad?

—Sí, eso creo.

—¿No tienes la impresión, hoy, de que el sacrificio humano por ese motivo es absurdo?

—A decir verdad, me parece muy poco civilizado, sí. Me parece un atraso total... pero me estás hablando de cientos o miles de años atrás.

—No. ¡No te confundas! Según se dice ahora, esos eran sacrificios humanos para complacer a la divinidad. Posiblemente todos habían sido convencidos de "ser podados" como tus rosas. ¿No crees?

—¡Hmmm! Eso también es posible —pensó en voz alta Axel.

—¿Y qué diferencia a esos sacrificios de entonces del envío de jóvenes a tierras alejadas a ser asesinados en las guerras, sin saber que están dando su vida para defender el tráfico de armas, de drogas, la explotación de las economías de otros pueblos? Son el mismo tipo de sacrificio, sin lógica para la gran mayoría. Quizás, con demasiado sentido para unos pocos.

—Entonces, seguimos siendo tan incivilizados como en nuestra prehistoria...

—¡Peor! ¡En tanto tiempo, el hombre, el individuo, no ha aprendido la lección! Es allí donde se evidencia la mayor falta de cultura.

El laberinto de Grode

Grode se quedó perplejo ante la moraleja. Nunca se había planteado la situación. Sintió de pronto mucha indignación por sí mismo y por la sociedad en la que vivía.

El laberinto infernal, pensó, *no está en conocer al diablo, sino en no saber que se lo está alimentando.*

El guía leyó su pensamiento y rápidamente corrigió:

—El laberinto infernal no está en conocer al diablo. Se despliega en toda su magnitud con sólo desconocerse a uno mismo.
—Creo que te entiendo, amigo mío.
—Me alegro de que así sea.

El jardinero se mantuvo pensativo largo tiempo, mientras caminaba hacia la luz, abrazado por el guía. Su luz había alcanzado un brillo hermoso, danzante. No se había dado cuenta de lo mucho que había adelantado en esa caminata. No se había detenido, solo avanzó lento y seguro. Momentos después, mientras el guía escudriñaba la mirada —ahora clara— del hombre, pensó en voz alta:

—La suma de muchos positivos puede dar un negativo. ¡Qué laberinto tan brillante han armado con eso!
—Yo agregaría la palabra "tétrico" en algún lugar de tu oración...
—concluyó el hombre del Laberinto.

Capítulo 15
EL JARDÍN DEL SER

e pronto, el jardinero recordó sus laberintos, sus hermosos jardines y se preocupó por ellos. El guía lo tranquilizó y le garantizó que nada debía temer, encontraría sus jardines tal como los había dejado.

—Veo que tomas tu trabajo con mucha dedicación —comentó el guía.

—Sí, realmente amo lo que hago. Es algo que va más allá de un simple trabajo. Es mi mayor placer.

—Entonces, supongo que puedes describir todos y cada uno de los elementos que conforman un buen jardín...

—¡Claro! Pero quizás mi descripción te parezca complicada...

—¿Por qué?

—Porque no es lo que gente suele ver en un jardín lo que lo hace maravilloso.

—¿Te refieres al armado de un buen laberinto o a la belleza del jardín?

—No. El laberinto es la mejor manera de hacer que la gente vea, aun cuando no mire, toda la belleza de un jardín. No es el laberinto el que hace al jardín, sino el jardín el que da forma al laberinto.

—Que la gente vea todos los aspectos de una misma cosa, quieres decir…

—¡Exacto! ¡Esa es la idea! —exclamó Grode.

—Parece muy entretenida tu manera de ver los jardines…

—¡Y lo es! Imagínate que estás frente a un jardín, muy simple, sin mayores cuidados que unos canteros, quizás alguna enredadera, una pequeña fuente o una simple escultura, con un camino muy angosto… ¿Te lo imaginas?

—Sí, claro, es muy bonito. Si hasta me veo en él.

—¡Eso es! ¡Esa es la gran diferencia! ¡Tú te ves en él! ¡Ese es el punto culminante! Es lo que quiero que la gente vea en un jardín; cómo todo lo que hay en él está en perfecta comunión con lo demás… hasta lo que no debería estar allí.

—¡Oye! ¡Me sorprendes, amigo Axel!

—¿Por qué?

—Te lo diré, si me prometes no ofenderte conmigo…

—Claro, lo prometo.

—Se supone que tú y el ángel Miguel han hecho una apuesta, y que él te puntualizó cuál era tu mayor problema, ¿verdad?

—Sí —refunfuñó Grode—, mi soberbia.

—Así es. Sin embargo, tu manera de ver tus obras no es soberbia. ¡Lo haces con tanto amor…! En realidad estás ofrendando lo más profundo de tu ser para que los demás lo disfruten… Si vivieras el resto de tu tiempo de la misma manera, sería ideal.

—Sí. Pero los demás no lo disfrutan como deberían… Creen que el jardín está para que ellos puedan llevarse el recuerdo a sus casas, observar y decirles a sus amigos que han estado allí, nunca para sentirse parte de él. Click, click, click… foto aquí, allá. Nada más. Como si quisieran retratar la historia del jardín, pero no disfrutarlo en toda su belleza.

—¿Y por qué crees que ellos deberían formar parte de él?

—En realidad, no pueden evitar ser parte del jardín, pero no quieren darse cuenta. Las flores forman parte de él, así como las espinas, las hojas, los árboles y los arbustos; los caminos, las piedras, las estatuas, las fuentes, los canteros, el césped… Pero también hay mucho más…

—¿Qué?

—Es lo que trato de que la gente observe al pasear por los laberintos, pero muy pocos lo hacen. No ven que parte del jardín también son las hormigas, un tractor viejo en un rincón del parque, las orugas, un papel que el viento depositó allí; el mismo viento que hace bailar las copas de los árboles, silbando en distintos tonos. Cada pájaro que lo sobrevuela o se posa sobre una rama pasa a formar parte de él. Las nubes, a tanta altura y tan lejos quizás, pertenecen al jardín. Es increíble, pero son los elementos del escenario que yo no puedo recrear en mi obra. Es el toque mágico que la creación me regala a mí, y a todos, para hacer que el lugar viva, que no sea algo estático. ¡Hay tantas cosas más...! ¡Una maceta rota decora tanto como una orquídea!

—Tu observación es muy profunda. Y realmente la comparto. Si todos pusiéramos atención en lo que realmente amamos hacer, y lo hiciéramos, el mundo sería totalmente diferente. Y si te fijas bien, eso está ausente de toda soberbia.

—Sí. Pero, lamentablemente, son muy pocos los que entran y se dan cuenta de que son parte del lugar, de la puesta en escena, de ese vergel. La mayoría llega y saca fotos para llevárselas de recuerdo, pero ellos ni siquiera aparecen en las fotos. No quieren formar parte...

—No se comprometen... ¿quieres decir?

—No pido que se comprometan, sólo que tomen consciencia de que ellos están dándole una nueva imagen al jardín con su sola presencia. Tal como tú hiciste cuando te imaginaste en él.

—¿Acaso tú no haces lo mismo que ellos? —preguntó el guía.

—¡No! Yo disfruto de cada mariposa, cada copo de nieve que se posa sobre mis plantas.

—No me refiero a tus jardines, sino a lo que los demás hacen por ti. Tú saboreas el pan caliente todas las mañanas, pero... ¿realmente disfrutas del amor con que fue hecho? ¿O acaso te has sentido parte de la torre desde donde miras tus parques todas las mañanas?, ¿has disfrutado de la belleza de su arquitectura, del mismo modo que disfrutas de tu obra? ¿Acaso no te das cuenta que de todo ello es como las nubes en tu decorado, tan lejos pero tan presente en tu vida?

—Entiendo a qué te refieres, y debo serte sincero... No. ¿Eso significa que jamás aprenderemos a valorar todo el amor que nos rodea?

—Para apreciarlo hay que descubrir todo el amor que llevamos dentro, y comprender que todos lo llevan.

—¿Cómo se puede lograr ese objetivo?

—No es muy difícil. En realidad, es lo más divertido de ser guía de este Laberinto.

—¿Qué?

—La posibilidad que se me da de aprender a valorar cosas a diario. Y cuando lo hago, me encanta ver la manera que tiene cada ser humano de reflejar esa belleza interior que lo inspira. Es una buena manera de conocer lo inconmensurable de ese amor.

—Eso de la belleza interior me parece muy poético, pero hasta aquí solamente he visto bastante oscuridad dentro de mí.

—Sin embargo, hay algo allí que debes descubrir.

—¿Te refieres a Dios? Yo no soy amante de las religiones y, en realidad, no sé si creo mucho en él.

—En realidad, si hay un Dios o no lo hay, no importa tanto desde el punto de vista de los hombres. Si existe y no creen en él, eso no hará que desaparezca. Si no existe, pero los hombres creen que sí... es suficiente para hacerlo real.

—Pero... ¿por qué existen tantas religiones, si hay un solo Dios, como dicen? Es bastante estúpido.

—Las religiones son maneras de alabar a Dios. Son creaciones humanas. Los maestros no han creado las religiones, sólo vinieron a decir algo muy simple de diversas maneras. "Conócete a ti mismo", "Dios es luz y mora dentro de ti", "Lo que buscas está dentro de tu corazón". Del resto se encargaron los hombres.

—Pero los cristianos dicen que Jesús es el Salvador, los mahometanos que Mahoma es el Mesías, los judíos que el hijo de Dios aún no ha llegado, los budistas se aferran a las enseñanzas de Buda, y así muchos más que ni siquiera conozco.

—Todos han sido maestros, pero las religiones no suelen aceptar eso. Cada una cree que aquel al que enaltece es el único... Es un pensamiento que sólo ha logrado generar división, intolerancia, odio y guerras, desgraciadamente.

—Pero ellos deben estar convencidos de eso... —prosiguió Grode.

—¡Seguramente lo están! Eso no está mal en realidad. Lo que es inaceptable es que, a su vez, algunos creen que deben convencer a los demás de que su creencia es la única y verdadera. Su mente se encarga de subvertir lo que su corazón sabe sin necesidad de palabras... ¿Te imaginas, desde el tiempo que existe la humanidad, si hubiese habido solo un Maestro, hijo de Dios, Salvador, Mesías o cualquiera sea el nombre que quieras ponerle? ¡Eso realmente es subestimar el poder de Dios!

—Eso sí lo entiendo. Es en parte por ello que nunca he dado valor a lo que los religiosos dicen y predican.

—¡Lo que dicen es muy valioso, Axel! El problema es que no se acaba la sed explicando lo que es el agua, sino dando de beber. Y para eso es que vienen los maestros: para enseñar dónde está la fuente eterna. Luego, hay religiones y sectas que creen que es necesario pasteurizarla, fraccionarla y darla embotellada. Hasta suelen encontrarle sustitutos.

—Pero... ¿qué es lo que enseñan los Maestros?

—Básicamente sólo enseñan al ser humano a encontrar la llave de contacto dentro de sí mismo. Del mismo modo que nadie construye un cuarto en el que nunca entre la luz, el creador no ha diseñado al hombre para que en él sólo haya oscuridad. Es algo concreto, algo tan real como un vaso de agua, un claro en el bosque. De algún modo, muchos creen, y han hecho creer, que los libros sagrados hablan de algo abstracto en lo que hay que creer ciegamente. Allí es donde el ser humano pierde EL CONTACTO. Y por eso debe volver un Maestro; para encender la Luz que ha sido apagada por todas las elucubraciones filosóficas de los hombres desde la última visita. Sin embargo, es algo tan simple... tanto, como saber que hay que comer cuando se tiene hambre.

—¿Y acaso tú puedes enseñarme?

—No soy un Maestro, solamente un guía en el Laberinto, pero seguramente podrás encontrar al Maestro. Pide con todo tu corazón satisfacer esa sed y él aparecerá en el momento justo para enseñarte.

—¿Y cómo sabré quién es el Maestro?
—Tu corazón te lo comunicará con mucha claridad. Pero no dejes que tu mente te haga creer que lo encontraste, espera a sentir la excitación de tu corazón.

El hombre del Laberinto acompañó a Axel Grode unos metros más y se detuvo. Se disculpó y le dijo que no debía ir con él. El Laberinto era un desafío para el jardinero y debía enfrentarlo lo más solo posible. Grode comprendió y agradeció al guía su hermosa charla de hacía unos instantes, así como su compañía.
Antes de separarse, el guía le dijo con todo su amor:

—Axel, recuerda que tienes alas, sólo tienes que atreverte a volar.

Recién cuando se dispuso a seguir su camino, notó el dulce espectáculo que ofrecía la luz frente a él. Sintió una profunda alegría, aunque no encontraba explicación lógica a ese sentimiento.
Siguió avanzando y admirando los distintos matices de esa luz. Por momentos, formaba una corona de un dorado intenso, con un pequeño centro, también muy brillante. A veces parecía transformarse en una extraordinaria nebulosa con distintas tonalidades de blancos, amarillos, naranjas y hasta rojos. No se comportaba como un foco fijo, apuntando directamente hacia él, sino que se empecinaba en esparcir destellos en todos los sentidos. Danzaba al compás de un latido interminable, parecía desperezarse y hasta regalaba pequeñas explosiones de brillo, siguiendo el ritmo de una música que de pronto Axel creyó escuchar. Golpeaba dentro de él, invadía su melancolía natural y la transformaba en el sonido de una cascada de emoción que se volcaba sobre todos sus sentidos. Su cuerpo entero parecía vibrar, como si estuviera recibiendo la ofrenda de la más pura gloria dentro de sí. Se sintió inmortal, definitivamente inalcanzable por mal alguno... Indestructible. Eso era, indestructible. Su existencia parecía encontrar un sentido absolutamente inescrutable para su mente humana, pero de una claridad incomparable para su corazón. Todo, absolutamente todo, estaba allí. No tenía preguntas, no buscaba respuestas. No existían el dolor, ni la

envidia, ni el desencanto, ni la pena... todo era perfecto, todo era conocido. Estaba en exacta sintonía con el universo. Y el universo de pronto se hizo pequeño, muy pequeño, sólo para caber en su corazón. La radiante luz parecía provocar un estruendo al detonar, al ritmo de sus latidos, contra el pecho del hombre. El regocijo era inconmensurable; la paz, definitiva.

Axel estaba en éxtasis. Su frente parecía estar siendo besada por una suave electricidad o una vibración. Prestó atención a ello, y jugó a pasear esa sensación por toda su cabeza, disfrutando de cada caricia interior, de cada rincón de su cerebro. La hacía girar, estremecerse en algún punto, buscar nuevamente su frente, sus sienes, y luego bajar hasta sus labios y su mandíbula, donde se volcaba como un fluido hacia cada lado, abriéndose en curiosa y festiva sonrisa hacia sus orejas. Luego la dirigió a su paladar, donde un delicioso néctar festejó su paso para luego regalarse a su olfato. Juntó todas las sensaciones y las hizo una, generándose un estado de gracia y placer infinito que tomaba su cabeza con pasión y firmeza. El trémulo escalofrío que le producía el vibrar incesante parecía querer extender esa extraordinaria dicha hasta la punta de cada uno de sus cabellos.

El hombre decidió desplegar las alas del placer hacia abajo, por la espina dorsal. La sintió bajar suavemente, avanzando como un humo que todo lo abarca y purifica, abriéndose hacia afuera, tocando sus omóplatos y buscando envolver todo su torso en un abrazo de felicidad. Eso era lo que sentía, la felicidad. No pudo evitar que la vibración más íntima de su ser fuera hasta los más recónditos lugares de su cuerpo, haciéndose sentir hasta en las uñas de los pies. Todo él era sólo él. Un ser tan puro, tan perfecto. La expresión de lo más poderoso que existe: el amor. Luego dejó que esa energía buscara tomar contacto con todo lo que rodeaba a ese ser que no era el mismo Grode que él conocía, sino una criatura sin nombre, pero infinitamente más concreta y real. Así, unió todo en una sola entidad. Él era muchos y uno solo. Ya no era solo Axel Grode. Era alguien eterno, una historia de amor milenaria. La sensación de hogar, de pertenencia a sí mismo lo invadió y no vio diferencias entre él y cada uno de los pimpollos de sus flores o cada oruga de sus jardines. Ni con el Sol, que parecía en este momento ser más tenue que su propia luz. Sin buscar explicárselo, entendió sin palabras que esa sensación era aquello de lo cual le había hablado el guía. Estaba convencido de ello.

Se deleitó y dejó crecer esa fuerza tan familiar dentro de él. Hasta que un inexplicable "¡Basta!" se disparó desde algún lugar de su acorralada mente. Sin siquiera despedirse, toda esa increíble energía desapareció al instante.

Capítulo 16
REALIDAD Y FANTASÍA

Por unos instantes, el hombre sintió un agotamiento muy grande. El corazón seguía temblando de emoción. Grode comprendió en el alma lo que acababa de vivir y no entendía la razón por la cual detuvo esa extraordinaria experiencia. Posiblemente había sido muy fuerte, quizás tuvo miedo. Sin embargo, supo que lo que había sucedido era la expresión más real de su propio ser. Intentó por todos los medios volver a sentirlo, pero se dio cuenta de que había sido algún tipo de regalo. Miró a su alrededor. El guía no estaba, aunque no hacía falta hacer preguntas, había estado en contacto con la creación. ¿Quién era él para dudarlo? ¡Cómo lamentaba haberse detenido!

Tras unos momentos de descanso, mientras esperaba a que su cuerpo y su mente recuperaran su habitual estado de densidad, el jardinero decidió seguir avanzando hacia la extraordinaria luz en el corredor. ¿Le habían dado un adelanto de lo que podía llegar a experimentar? No sabía.

El final del pasillo parecía muy cercano. Su luz era gloriosa. Se sentía tan seguro de sí mismo nuevamente. Esta vez, creyó que nada podía suceder, que ya tenía la llave. Y en realidad la tenía.

Caminó alegre y confiado. Sin quererlo, se había acercado al fuego. Se descuidó y dejó que su mente le jugara, por enésima vez, una mala pasada. Dos voces dentro de él comenzaron a batallar. Se presagiaba un combate a muerte, la supervivencia del más fuerte estaba en juego.

—Ahora que has experimentado ese poder, nada debes temer. Puedes entrar por las puertas que quieras. Tienes la llave para salir —lo azuzaba una voz siniestra pero seductora.

—La has conocido, pero aún no sabes manejarla —respondía una voz muy dulce—. Y aunque pudieras hacerlo, nadie te garantiza que vayas a decidir usarla. No salgas del Laberinto. Falta poco.

—Entonces, ¿de qué te sirve ese poder, si no puedes gobernarlo? ¡Son pamplinas! —exclamó la mente, desafiante.

—Lo primero que harás al atravesar alguna de esas puertas será olvidar que esto existe —dijo seguro el corazón.

—¡Puedes entrar y salir cuantas veces quieras! ¡Ya lo has hecho, y sin ayuda! ¿Cómo no vas a aprovechar para ver todo lo que hay que ver?

—Nadie puede evitar que hagas lo que desees. Pero te recomiendo que salgas corriendo y te fundas con esa maravillosa luz al final del pasillo ¡Falta tan poco! ¡Habrás vencido!

—¡De todos modos vencerás! ¿Qué estupidez es esa con la que quieres tratar de desechar tu deseo de conocer el mejor laberinto que hay alrededor de este burdo pasillo? —preguntó su soberbia mente.

—Puedes caer, si lo haces. No hagas caso. Tu guía te dijo que debías comprometerte a cuidar ese regalo que te espera, como lo más preciado que posees. Enfrentarás a un enemigo muy poderoso. ¡Aún no estás listo para él!

—¿Lo ves? No te han dado el mayor poder. ¡Hay algo más poderoso!

—Sólo quiere confundirte. ¡Por favor, no vayas!

—Yo no diré nada más. ¡Es tan hermoso este último laberinto! ¡Lástima, tú te lo pierdes!

—Nada hay detrás de esa puerta, Axel. Sigue por el medio, directo hacia tu luz. ¡Si entras puede que eches todo a perder!

—¡Ja! El gran Axel Grode, maestro de jardineros, el mayor fabricante de laberintos del planeta... se perderá la máxima creación en laberintos que existe... Cuando se enteren los otros jardineros serás el hazmerreír de todos tus colegas inferiores.

—Axel... por favor, no escuches a esa maquinaria infernal. ¡Tienes todo para vencer! ¡No mereces caer!

—¿Acaso no crees poder salir victorioso del único laberinto que ni tu padre, el que te enseñó, pudo vencer? Hazlo por el honor que dejó tu familia en este lugar. ¡Sólo tú puedes pasar esa puerta y volver con éxito! ¡Ellos no tenían oportunidad!, por eso cayeron, sólo por eso. Pero tú, amigo Grode, eres el mejor de todos los que han existido. Te llevará tan poco tiempo salir de allí que esa luz que te espera no tendrá ni tiempo de parpadear. ¡Sin lugar a dudas, te habrás ganado el reconocimiento como el más grande de la historia, si logras vencer! De otro modo, alcanzará con que uno solo de tus habituales contrincantes de las justas entre aquí para ser proclamado como el mejor, el más valiente... aun cuando no pueda resolverlo. ¿Dejarás que eso suceda?

—No necesitas demostrarle nada a nadie aquí, Axel. Lo único que debes hacer es salir de este Laberinto con la luz más brillante de lo que estaba cuando entraste. Si traspasas esa puerta es muy posible que no tengas tiempo de recuperarte. Tú decides.

—¡Eso, tú decides! Dejemos que sea el gran Grode, el único que hubiese atrapado al mismísimo Dédalo en un laberinto, el que decida —desafió la mente, segura de ganar esta batalla.

Grode sabía que no tendría otra oportunidad como la que se le presentaba. Dudó mucho. Quería con todo su fervor conocer ese laberinto, debía vencerlo. Pensó que la eternidad podría, seguramente, esperar un poco más. Era la gran prueba. Necesitaba demostrarse que Axel Grode había superado a todos, que podía transformarse en un ser mitológico, vencer al gran arquitecto de Creta. Y debía vengar la derrota de su padre. ¿Así que allí era donde el rayo lo había fulminado? Él era el mejor de todos los tiempos, pero sólo lo demostraría si salía airoso de ese desafío.

No hubo manera de evitarlo. Grode no pudo detener el impulso y abrió con violencia y autoridad la puerta. Un pequeño *hall*, nuevamente. Sin otras puertas que la de acceso. *¡Este hall no tiene entrada a ningún laberinto!,* pensó el jardinero. Una pequeña mesa y una silla; un bloc de papel y un lápiz. Nada más que eso. El hombre revisó cada pared en busca de algún pasadizo secreto. Trató de abrir la puerta por la que había ingresado, pero estaba totalmente cerrada. No encontró nada raro. El techo era normal. Se puso en cuclillas para verificar el piso. Tanteó y golpeó buscando algún sonido hueco. Por un momento se sintió ridículo e imaginó que todos los que por allí habían pasado habrían hecho lo mismo. *¡Ya es un alivio que no haya ningún esqueleto aquí!,* pensó divertido. Se acercó a la mesa y, rápidamente, relacionó el papel y el lápiz con su siguiente paso en ese lugar, igual que en el laberinto donde debió dibujar sobre una tela en blanco. Pero aquí... la cosa no debía ser tan sencilla.

Se acomodó en la silla. Miró el lápiz al que escudriñó muy detalladamente. Luego, la primera hoja del bloc en blanco. Instintivamente, trazó una línea horizontal y se detuvo a pensar qué podría hacer con esa línea. Tenía miedo y no sabía la razón. En un momento dado, sin pensar, marcó un punto.

Sin entender cómo, estaba sentado en algún lugar del polo norte, en medio de la nada glacial. El oscuro blanco del hielo, separado, por el horizonte, del resplandeciente negro del estrellado cielo. Un viento tenaz y perverso rasguñaba la piel del jardinero casi hasta hacerla sangrar. El frío lo consumiría allí en pocos minutos. Apenas podía sostener el papel y el lápiz. Miró alrededor, buscando piedad y explicación, pero era la hora en que el viento salía a pasear. Tenía más derecho que el hombre de estar allí. Hacia donde mirara, sólo veía ese extraño horizonte, esa línea tan perfecta que lo limitaba muy a lo lejos. Miró como pudo el papel, y notó que todo lo que veía en este momento era, ni más ni menos, que lo que había dibujado: una línea. ¡Pero se estaba congelando! Rápido, pensó y dibujo un sol sobre él... pero nada cambiaba. No tenía nada que ver con lo que estaba viviendo... había sido casualidad. Trató rápido de recordar qué había hecho para aparecer en ese espantoso y aterrador lugar, mientras se agarrotaban sus dedos. El punto, debía ser el punto. Rápidamente clavó su lápiz en el papel y, de pronto, sintió un intenso calor.

¿Qué hago aquí?, pensó Axel Grode, escudriñando otro horizonte a su alrededor.

Un sol abrasador estaba usando su látigo mortal sobre el indefenso jardinero. La arena calcinaba brutalmente sus zapatos y cada granito que entraba en ellos era como una aguja al rojo vivo. En pocos segundos, comenzó a sentir sed. Los labios quebrados por el viento glacial ahora estaban siendo cauterizados por el aire candente del desierto. Sus ojos no alcanzaban a ver, debido al reflejo asesino de la arena veteada en pequeñas ondulaciones. Ni una duna siquiera. Todo el chato desierto le dibujaba un extraordinario círculo de fuego en el medio del cual se hallaba él. Y el sol, que coronaba su dibujo, estaba allí. Ya había comprendido cómo funcionaba el laberinto... sin embargo, no sabía cómo salir de él. Ahora, su mayor urgencia era escapar de ese infierno. Pero ¿qué debía hacer? ¿Dibujar nubes? No. ¿Después cómo haría para devolver el sol si lo necesitaba? Un árbol, ¡claro! Tomó su lápiz y rápidamente dibujo un frondoso árbol, nada de palmeras... un árbol. Marcó el punto y...

Un clima templado lo envolvía. Una llanura interminable, verde pampa, sin la menor ondulación; pasturas sin ganado; un árbol aquí y otro mucho más allá. ¿Qué lugar tan vivo y tan muerto al mismo tiempo podía ser ese? En todo caso el clima era caluroso, pero soportable, aunque húmedo. Ni una nube. El mismo sol que antes había querido carbonizarlo ahora sólo calentaba razonablemente. Pero aún tenía sed y no veía ningún lugar donde pudiera saciarla. Sólo era otra inmensa nada, aunque más benigna.

Trazó un par de líneas paralelas sobre su dibujo, imaginando un río. Marcó un punto y... apareció muy cerca de donde estaba... ¡pero al costado de una ruta! Había cometido un pequeño error, aunque ya tenía la primera señal de civilización ante él. Ya era algo. Ahora sí, dibujó otro par de líneas, pero simulando meandros e, incluso, pequeñas olas para que esta vez no hubiera confusiones. Una vez marcado el punto, Grode se encontró a la vera de un río que costeaba la ruta.

Así había descubierto el exacto funcionamiento del laberinto: él lo iba creando a medida que dibujaba sobre un papel. Eso estaba muy bien, pero sabía que todos cuantos hubieran pasado por allí se habrían dado cuenta de tan obvia deducción, desde Dédalo hasta su padre, pasando por cualquier aprendiz de jardinero. Sin embargo, Axel Grode no estaba tan interesado aún en averiguar cómo salir de allí. Vio que tenía el poder de hacer realidad cualquier fantasía en ese laberinto.

Lo cierto era que desde niño le fascinaba enfrentarse a una hoja en blanco. Al principio no sabía bien qué hacer con ella. Había tantas posibilidades: escribir, dibujar bosquejos, hacer saetas de papel, muñecos, trazar planos, laberintos, anotar recordatorios o ideas. De niño, sólo hacía garabatos y, a medida que fue creciendo, los fue perfeccionando; diseñaba figuras inverosímiles que no tenían ninguna relación con nada. Eran formas, curvas y rectas, contracurvas y triángulos que se superponían desordenadamente. Su padre veía que el niño no tenía una gran imaginación, pero que espiaba por sobre su hombro para saber qué era lo que un hombre grande podía hacer con un papel en blanco. El viejo Eric era un hombre bastante ducho en el dibujo, y el joven Axel lo veía diseñar los bocetos de sus jardines o planear la geometría de sus laberintos. Dibujaba el mismo jardín desde distintas perspectivas para evitar que desde algún punto de observación el resultado no fuera armonioso. Su padre era un perfeccionista que, a su vez, seguramente, había atisbado por encima del hombro de su abuelo. Axel había aprendido muy bien qué hacer con un papel en blanco.

Pero no sabía si estaba creando escenarios o si aparecía en algún lugar ya existente. Más que la magia en sí, al jardinero le resultaba un fascinante experimento sobre el terreno. De todos modos, dibujó una construcción bastante simple y le colocó un cartel que decía "Bar". Una vez marcado el punto al final del dibujo, sintió como un "clic", y allí estaba el bar, un poco más complejo que su rápido bosquejo casi infantil, pero que cumplía con el parámetro más básico que él necesitaba: era un bar. Quiso entrar para ver si allí había gente, pero imaginó que, si alguien lo veía dibujar sobre su papel y hacer aparecer cosas, podría tener problemas. Lo que sí notó fue que la ruta no estaba en el mismo lugar que antes de dibujar el bar. Eso le hizo comprender que no estaba creando nada, sino que algo lo ubicaba en el lugar del planeta más parecido a su dibujo.

Bebió un poco de agua del río. Pensó un largo rato y se animó a empezar de cero con una nueva hoja del bloc. Quería ver qué sucedía. Dibujó una media luna, y algún que otro pequeño cráter. Cuando marcó el punto, ya era demasiado tarde para recordar que en la Luna no había oxígeno suficiente ni atmósfera que lo protegiera de los rayos ultravioletas. Y allí fue a parar. Su asombro le costó valiosos segundos de oxígeno en sus pulmones. Cuando se dio cuenta del terrible error que había cometido, rápidamente, comenzó a dibujar el globo terráqueo, con una semejanza bastante parecida a los continentes a ambos lados del océano Atlántico.

Sin posibilidad de pensar demasiado en lo que estaba haciendo, una vez que hubo terminado, marcó el punto. Afortunadamente lo había hecho sobre un continente y no sobre un océano. Apareció en ese preciso lugar: la selva amazónica, uno de los territorios más inexplorados del planeta.

No entendió de inmediato el gran peligro que lo acechaba. Se creyó en África, y se vio rodeado de una variedad tan extraordinaria de plantas que comenzó a recoger brotes y semillas, y a guardarlos en el bolsillo de su pantalón. Era una gran oportunidad para mejorar sus jardines y no la iba a desaprovechar. Miraba con admiración la perfección de las flores silvestres que, por primera vez, se desnudaban ante sus ojos. Los colores eran sorprendentes, tonalidades que nunca había visto en ningún jardín que conociera. Hasta los verdes parecían únicos. El viento forcejeaba con las copas de los gigantescos árboles. El ensordecedor ruido de las aves daba la música adecuada al ambiente.

La fortuna lo acompañó aún un tiempo hasta que, sin haberse percatado que su presencia, había asustado a una desprevenida serpiente, la cual disparó su cuerpo en rayo y clavó sus poderosas jeringas de veneno en la pierna izquierda del hombre. El dolor sólo era superado por su miedo. En un acto reflejo, alcanzó a ver al animal salir serpenteando para perderse entre las hojas secas del piso.

El calor aumentaba en su pierna y parecía comenzar a recorrer sus venas en busca de la presa final, el corazón. Urgentemente dibujó una clínica de campaña, con su cruz incluida y, por las dudas, también un médico. Al marcar el punto, apareció en la puerta del lugar tomándose la pierna y quejándose del agudo dolor y del mareo que ya comenzaba a sentir. Alcanzó a decir la palabra "cascabel", antes de desmayarse.

Al despertarse, se encontró recostado en un catre de campaña. Habían pasado muchas horas y ya era de noche. No muy lejos de allí, un hombre sostenía una jeringa que contenía algún medicamento.

—¡Vaya! Debe usted dar gracias al cielo por haber encontrado esta tienda en el medio de la selva. ¿Cómo fue que se internó en ella con esa ropa y armado tan sólo con un papel y un lápiz? ¿Acaso se perdió de su expedición? —preguntó el médico, en un español bastante acertado.

—Disculpe... ¿Don... Dónde estoy? ¿Qué pasó?

—¿No lo recuerda? Usted se presentó aquí, y antes de desmayarse alcanzó a decir "cascabel". Obviamente entendí y el suero es algo que siempre debe abundar en estos lugares, amigo mío. Tuvo usted mucha suerte y debe haberse encontrado con la serpiente no muy lejos de aquí, de otro modo...

—¿Cuánto tiempo estuve aquí?

—Desde ayer. Ha estado inconsciente poco tiempo, dentro de todo... Debe usted celebrar, amigo... si no hubiese encontrado este lugar, ahora mismo estaría despertándose en otro... rodeado de nubes...

—Muchas... gracias, doctor.

—Siempre es un placer encontrar a alguien aquí en el medio de esta selva.

—Debo partir...

—¡Eso ni lo sueñe! Tiene que permanecer en observación un par de días más.
—Lo siento, pero es importante —insistió Grode.
—¿Y cómo piensa irse de aquí? —rio, jocosamente, el médico mientras salía de la tienda en busca de agua.

Grode tomó papel y lápiz, y dibujó unos edificios altos, automóviles, todo lo necesario para marcar un punto y aparecer... en Nueva York. Casi es atropellado por un automóvil al marcar el punto sobre la calle. No podía salir de su asombro. Podía explorar el mundo entero de esa manera. Sin embargo, había caído en un lugar donde muchas personas lo miraban con bastante recelo y hasta con resentimiento. Un grupo de jóvenes agresivos pareció tener intenciones de acercársele; situación en la que Axel no se sintió demasiado cómodo ni seguro. Comenzó a dibujar rápidamente una bella fuente, edificios más altos y vidriados... y, al marcar el punto, desapareció delante de la vista sorprendida de quienes ya lo habían rodeado.

Se encontraba ahora a unas cuantas calles de aquel lugar, en una zona muy populosa y, obviamente, llena de oficinas. Se quedó admirando las construcciones. La gente parecía alienada.

Tanta gente tan junta y tan sola, pensó.

El jardinero no quería estar allí realmente. Ya quería volver a los jardines de su palacio. Creyó que era una buena oportunidad para salir de ese laberinto. Podría haber encontrado un atajo. Luego se arrepintió de haberlo pensado siquiera; eso significaría haber abandonado un dédalo tan simple como recto. No se vería bien en su historial. Recordó así el Laberinto y que debía encontrar la forma de regresar a él. Pensó que, si dibujaba el pasillo y a un hombre allí... Lo hizo en una hoja nueva. Punto.

Sintió una gran explosión y vio mucho humo alrededor. Había gritos y llanto. Ese no era el Laberinto... era, sí, un largo pasillo, y sólo veía a un hombre cerca de él. Casco, barro, humo, olor, gritos... una interminable trinchera. ¡Parecía haber viajado en el tiempo! Casi sin entender cómo, vio a un soldado que saltaba dentro de ella y clavaba su bayoneta en el estómago del otro hombre, a metros de él. Tuvo tan poco tiempo de reaccionar y darse cuenta de que él mismo blandía un fusil... Disparó y se abalanzó sobre ese ser que tenía de espaldas. Vio cómo su propia bayoneta buscaba sedienta de muerte el corazón de un desconocido.

Grode sintió una repulsión enorme. Vomitó. Su acto reflejo había asesinado a un ser humano. Y éste a, su vez, a otro. ¡¿Qué había hecho?! Debía ser una ilusión. Él jamás habría matado a nadie. Sin embargo, acababa de hacerlo. Estaba petrificado. Había descubierto a otro Axel Grode dentro de sí: un ser sin compasión, un asesino. Tiró el fusil. Miró a su alrededor. Sólo escuchaba voces entre la humareda. No alcanzaba a ver a nadie. Se sentó al amparo de la pared barrosa de la trinchera; tomó su lápiz, pero otra gran detonación lo aturdió por unos segundos en su rincón. Estaba casi sordo y parecía que el enemigo ya había atravesado las defensas. Presintió que estaban acercándose. Tomó su bloc de hojas y arrancó todos los dibujos que había hecho. Hoja blanca. Debía pensar en algo con suma urgencia.

En un instante, casi como si se tratara de un film en cámara lenta, el jardinero, lápiz en mano, levantó sus ojos hacia la furiosa y enajenada figura de un soldado que alzó su fusil hacia él y apuntó a su cabeza. Sin tiempo para una plegaria, Grode descargó sobre el papel un desesperado punto... Que se cumpliera la voluntad de Dios. La bala hizo salpicar el barro de la trinchera justo donde debió estar Axel. Pero él ya no estaba allí.

Acostado, y en un interminable llanto, avergonzado y dolorido, aún con los ojos cerrados, Axel Grode descargó su furia consigo mismo en un estruendoso y desgarrador grito. Cuando abrió sus ojos, no podía creer donde estaba: el pasillo. La puerta por donde había entrado antes estaba allí, abierta, invitándolo a volver. Ya sabía cómo entrar y salir de allí. Sólo debería haber marcado un punto sobre la hoja en blanco desde el primer momento, y habría salido.

Así como había tenido que enfrentarse a un laberinto simple pero con soluciones extremas, ahora había combatido contra su opuesto: un laberinto de situaciones extremas, con una salida muy simple. *¿Cuántas veces enfrentamos este tipo de situaciones en nuestras vidas y somos derrotados por no poder creer que la salida es tan obvia?*, se preguntó el jardinero.

Pero ahora que lo sabía, tenía el manejo del tiempo y del espacio a su alcance. La mesa, el lápiz y otro bloc de papel estaban allí. La tentación de volver era grande. Se incorporó, se dirigió hacia la puerta y la cerró para evitar sentirse seducido.

Tres pasos detrás de él, no había nada. La puerta estaba cerrada y tres pasos frente a él, la luz, apenas perceptible, le anunciaba el fin del desafío. No quedaba nada por recorrer. Dos salidas: la puerta en la que por poco muere en varias ocasiones, pero que lo tentaba enormemente, y la luz. Pidió por el guía y por el ángel. Este último se presentó.

Capítulo 17
LA SALIDA

—**Hola, Axel.**
—Hola —respondió el hombre con la cabeza gacha.
—Llegaste por fin a la salida...
—Sí, pero...
—¿Por qué traspasaste esa última puerta? ¿Tanta era la tentación? ¿Acaso no entendiste de qué se trataba todo esto? —reprochó con cierta pena el ángel.
—Sí, lo entendí. Solamente debía asegurarme de llegar al final con la luz brillante. Y no lo logré.
—No hablo sólo de eso, querido amigo mío. El guía te dio una oportunidad de demostrar que eras digno del regalo más precioso al que puede aspirar un ser humano; y tú ¡lo echaste a perder! ¡Era justamente el mapa de salida de todos los laberintos que existen y de los que aún no han sido construidos!
—Creo que no entendí el valor real de lo que me había sido ofrecido —reconoció el jardinero, sin poner excusas.
—Obviamente, no. Entraste a un laberinto en el cual no era necesario que ingresaras y, por milagro, no sucumbiste, como todos tus antecesores. La fortuna te ha sonreído como nunca antes.

Mientras estabas allí, no te preocupabas por salir, sino que seguías jugueteando en ese lugar. ¿Qué ganaste entrando allí?

—¡Es que no tuve tiempo! En todo momento tuve que enfrentar un problema que debía resolver sin demora. Además, pude recoger plantas exóticas que tengo en mi bols... —dijo el jardinero, mientras comprobaba que en sus bolsillos no había nada.

—Nunca tendrás tiempo, si no te comprometes con algo. Lo tuviste para jugar con tus dibujos, con tus laberintos, con todos ellos... y nunca te diste tiempo a ti mismo, al verdadero ser que mora en ti.

—Lo lamento.

—No haces nada con lamentarlo. Ya es tarde. No debes disculparte conmigo ni con el guía, sólo te perjudicaste tú mismo. ¿No te das cuenta de lo sucedido? No te atormentes ahora. Lo que se te ha ofrecido aún permanece en ti. Jamás se ha ido de allí. Jamás lo hará hasta tu último aliento. Pero deberás vencer tu soberbia, si quieres encontrarlo.

—Pero ya estoy en el umbral de la salida —observó resignado Grode.

—Sí. Y no es que no te haya prevenido, querido Axel. Esa tenue luz se irá acercando muy lentamente a ti, si tú no vas a ella ahora. Tienes la opción de volver a entrar por esa puerta y jugar con tu lápiz y tu papel. Y no puedes retroceder por el pasillo. ¿Qué harás? ¡Veremos cuán astuto eres, rey de los laberintos! ¿Recuerdas lo que dijiste de aquellos que se perdían en un laberinto, aun con el plano en la mano? ¡Que eran unos idiotas! —castigó con gran dolor el joven ángel.

—No te burles de mí, por favor.

—Sólo estoy diciendo en voz alta lo que tú mismo piensas de ti, Axel.

—Sí, lo sé. Es exactamente lo que estoy pensando.

—¿Pues bien?

Axel Grode comprendió su increíble derrota. El laberinto más sutil, una simple línea recta, había vencido al más grande fabricante de laberintos de todos los tiempos. Aun cuando nadie se enterase de que el gran maestro había sido sometido, irónicamente, por el dibujo más primario que existe, él sí lo sabía, y eso era lo único que importaba. La tortura que ese pensamiento le producía era atroz.

Comprendió, en toda su magnitud, lo que el guía le había advertido: no podía evitar juzgarse con el mismo rigor con que juzgaba a los demás. Aun cuando quisiera hacer trampas en su propia evaluación, no habría maneras de cambiar la vara con la que su corazón le reprochaba su pecado.

Recorrió en su memoria los distintos momentos que había vivido en ese lugar, lo que había sucedido detrás de todas aquellas puertas... Nada importaba ahora. Todos los escollos inútiles que había sorteado con vanidad y soberbia habían desaparecido, de nada le servían. Y la gloria de haberlos superado todos había sido barrida por la cruel derrota en el más insólito de los laberintos: uno en el que, desde el primer momento, tenía la salida a la vista.

Notó que la tenue luz se había acercado unos milímetros hacia él. No podía escaparse de su destino. Si tan sólo no estuviera convencido de que con el lápiz y el papel, detrás de la puerta que acababa de cerrar, no lograría nada... Pero sabía que era una más de esas fantasías que lo habían desviado de su objetivo, del desafío al que siempre subestimó. Su propia vida estaba allí reflejada. Sólo que ahora, lo inevitable estaba acercándose.

—Pues, no lo sé, querido Miguel. Me siento avergonzado de haber sido derrotado, de haber desperdiciado la oportunidad de superarme a mí mismo. Soy igual a todos aquellos que nunca lograron vencerme en una justa. Quizás sea tan mediocre como los demás.
—No, Axel. Y préstame mucha atención. Buena parte de tu soberbia permanece dentro de ti, por eso no llegaste al final como hubieras debido. Esa misma soberbia aún te hace ver a tus adversarios como mediocres. Muchos de ellos tampoco hubiesen logrado superar este Laberinto, pero otros sí. Quizás, tu más débil oponente en las justas pudo haber vencido aquí, sencillamente

por ser simple y mantenerse fiel a su verdadero ser. Pero la luz sigue aproximándose y tú no te decides.

—Nada puedo hacer. Sólo avanzar hacia ella o esperar a que me tome y se termine esta pesadilla.

—Para ser el más grande diseñador de laberintos que ha existido, me decepcionas, amigo mío.

—Pero ya he perdido...

—Es posible que sí, pero deberías hacerlo dignamente. ¿No crees?

—No te entiendo...

—Lamentablemente yo no puedo ayudarte más. Lo poco que puedas hacer de aquí en adelante queda absolutamente a tu criterio. ¿Cuánto has aprendido en tu vida acerca de los laberintos? Piénsalo. Todavía queda algo importante por hacer. Pero apresúrate, tienes poco tiempo y no debes desperdiciarlo. Cada segundo es valioso ahora.

—Sí, lo sé. Pero ¡no encuentro la respuesta!

—¡Busca y encontrarás! ¡Pide y se te dará!

En ese mismo instante, el ángel se desvaneció. Grode gritó y clamó por su ayuda, pero Miguel no regresó. Llamó al guía. Nada. Sintió como si esa opaca luz que se le acercaba, lenta pero inexorablemente, fuera una sádica imagen de muerte, cuando en realidad era el reflejo de su propia vida. Algo quedaba por hacer, pero... ¿qué? Su mente seguía jugando con él. Le recordaba su infidelidad, el asesinato, la avaricia, la lucha por el poder, la holgazanería, la estupidez, la resignación, las dudas... todo lo que había vivido a los lados de aquel pasillo. Parecía estar riéndose cruelmente de él. Retrocedió lo más posible al borde del Laberinto, lo que le daría más tiempo para pensar y retrasaría la llegada de la luz hasta él. Pensó, incluso, en arrojarse al vacío de su pasado, pero comprendió que eso sería lo más indigno de su parte.

¿Qué hubiera hecho su padre? No lo sabía. Su padre había sido derrotado en la última puerta del Laberinto, no había llegado tan lejos. Sin embargo, él tampoco había superado satisfactoriamente la prueba. Las primeras lágrimas comenzaron a recorrer sus mejillas.

El dolor, la frustración, la pena, la pérdida de tiempo, la inmadurez, la desidia. Todo aparecía en las imágenes con que su mente se divertía a costa del atribulado jardinero. El llanto se volvió cada vez más dramático.

—Dédalo.

Ese nombre apareció en su mente, como gritado desde su corazón. Nada había podido acallar esa súplica proveniente de lo más profundo de su ser.

¿Dédalo? ¿Qué hay con él?, pensó el fabricante de laberintos.

Recordó que Dédalo había escapado del laberinto fabricándose unas alas... pero él no tenía nada con qué construirlas. Buscó con la mirada si por un milagro... pero no había nada. La luz estaba acercándose y no podía hallar la solución.

—¡DÉDALO! —volvió a escuchar, ahora con la insistente fuerza de la desesperación.
—¡PERO NO TENGO ALAS! —gritó envuelto en llanto el humillado Axel Grode.
—¡SÍ! —fue lo último que escuchó.

"Recuerda que tienes alas, sólo tienes que atreverte a volar" habían sido las palabras del guía. Esa había sido la salida de Dédalo: usar las alas. Lo que su corazón había estado tratando de decirle. Debía atreverse a volar. Axel Grode se sentó entonces en ese borde, cerró sus ojos y fue en busca de aquel sentimiento en su interior. Inspiró profundamente y exhaló, fijando su atención en ello repetidas veces. Su mente quedó repentinamente encadenada en algún profundo abismo. Así pasó un buen rato, recordando aquella maravillosa experiencia que había vivido antes de entrar por esa última puerta. Llegó a revivir una pequeña parte de aquello, y se mantuvo concentrado en esa hermosa sensación, sin ver que el brillo de la luz había comenzado a aumentar. Aquel resplandor continuó creciendo y centelleando hasta que llegó hasta él, lo envolvió en su amor y lo sacó de allí.

Una agradable brisa lo despertó. Estaba recostado sobre un banco, a la salida del jardín de los espinos. No entendía la razón que lo había inducido a dormirse allí, a esa hora. Quizás, la misma brisa lo había alentado a reposar. No recordaba nada. Su corazón, sin embargo, latía aceleradamente. Se sentó y tomó varias bocanadas de aire fresco para calmarlo.

Debía haber soñado algo que lo había perturbado, tal vez una pesadilla. Trató de recordar, pero no pudo. Una vez que hubo apaciguado su corazón, lentamente se incorporó. Miró los jardines a su alrededor: el Sol, las nubes, las siluetas de las montañas a lo lejos, las mariposas, las piedras que bordeaban los canteros, las aves que revoloteaban junto a él… peleándose por picotear los restos de una manzana… Pensó hincarse a recogerla para sembrar las semillas, pero dejó que los pájaros aprovecharan su banquete.

Se dirigió entonces a la torre y se sorprendió contemplando la belleza de la construcción. Al llegar a lo alto del mirador, volvió a disfrutar de la extraordinaria vista que le ofrecían los parques que rodeaban el castillo y, esta vez, quedó absorto ante la majestuosidad del jardín de los espinos… Sus flores rojas, el reflejo del Sol en sus afiladas púas, la fuente en el centro… y sentado en uno de sus lados, un joven… comía una manzana.

Índice

Capítulo 1
EL JARDÍN DEL REY　　　　　　　　5

Capítulo 2
EL DESAFÍO　　　　　　　　11

Capítulo 3
LA PRIMERA OBLIGACIÓN　　　　　　　　19

Capítulo 4
EL LABERINTO BINARIO　　　　　　　　25

Capítulo 5
EL GUÍA　　　　　　　　33

Capítulo 6
LOS ESPEJOS　　　　　　　　41

Capítulo 7
LA PIRÁMIDE　　　　　　　　55

Capítulo 8
LA MADRE DE TODAS LAS GUERRAS　　　　　　　　61

Capítulo 9
EL LABERINTO DEL VICIO　　　　　　　　67

Capítulo 10
EL DINERO 73

Capítulo 11
EL LABERINTO DEL DIABLO 81

Capítulo 12
IMÁGENES EN MOVIMIENTO 87

Capítulo 13
LA BARCA 95

Capítulo 14
EL LABERINTO MÁS ANTIGUO DE LA HISTORIA 103

Capítulo 15
EL JARDÍN DEL SER 113

Capítulo 16
REALIDAD Y FANTASÍA 121

Capítulo 17
LA SALIDA 133